ज्ञान गरिमा के
72 वर्ष

भारतीय
ज्ञानपीठ

कन्नड़ की समकालीन कहानियाँ

कन्नड़ की समकालीन कहानियाँ

चयन और अनुवाद
लवलीन जौली

भारतीय ज्ञानपीठ

लोकोदय ग्रन्थमाला : ग्रन्थांक 1261

ISBN 978-93-263-5418-9

कन्नड़ की समकालीन कहानियाँ

(कहानी-संग्रह)

चयन व अनुवाद : लवलीन जॉली

प्रथम संस्करण : 2016

मूल्य : 375 रूपये

प्रकाशक : भारतीय ज्ञानपीठ

18, इन्स्टीट्यूशनल एरिया, लोदी रोड, नयी दिल्ली-110 003

मुद्रक : विकास कम्प्यूटर्स ऐंड प्रिन्टर्स, दिल्ली-32

आवरण : महेश्वर

KANNADA KI SAMKALEEN KAHANIYAN

(Kannada Short Stories)

Compiled & Translated by Lavleen Jolly

Published by

Bharatiya Jnanpith

18, Institutional Area, Lodi Road, New Delhi-110 003

Ph. : 011-24698417, 24626467; 23241619 (Daryaganj)

Mob. : 9350536020; e-mail : bjnanpith@gmail.com

sales@jnanpith.net; website : www.jnanpith.net

First Edition : 2016

Price : Rs. 375

कन्नड़ की समकालीन कहानियाँ

अनुक्रम

अमृतबल्ली कषाय

—जयन्त कैकिनी

'गोल्डन फ्रेम वर्क्स' का मालिक गंगाधर अपने वार्षिक क्रम के अनुसार अपनी दुकान का सारा सामान बाहर निकालकर, दुकान को फिनायल से धोकर सारे सामान को झाड़-पोंछ कर रखने में लगा हुआ था। वह शीशे और प्लाईवुड की चादरों को फिर से दुकान में जोड़कर रख रहा था। उसका सहायक लड़का विक्की ज़ंग लगी कीलों को निकालकर फेंक रहा था। यह फ्रेमों की दुकान उसके अप्पा के समय से चली आ रही थी। औरतों की दसूती की कढ़ाई से बनाई गयी तस्वीरें, तिनकों को जोड़कर बनाई गयी तस्वीरें, फिल्मी सितारों की तस्वीरें, गाँधी नेहरू के चित्र, स्कूलों की ग्रुप फ़ोटोज़, प्लास्टिक के फूलदान के दोनों ओर हाथ पर हाथ रखकर खड़े पुराने समय के बने-सँवरे जोड़े—इन सभी को फ्रेम से शोभित करनेवाली, सामान से खचाखच भरी हुई उस दुकान में चलने पर पाँवों को हमेशा लकड़ी का बुरादा चिपकता रहता था।

अप्पा के समय केवल लकड़ी के फ्रेम होते थे। अब एल्युमीनियम, प्लास्टिक, स्टील—तरह-तरह के फ्रेम आने लगे थे और कितनी ही तरह के शीशे भी। सड़क पर चलते लोगों का ध्यान अपनी ओर आकर्षित करने के लिए टँगी कई तरह की सीनरियों, देवी-देवताओं के चित्रों, राधाकृष्ण, तिरुपति के वेंकटेश्वर आदि के चित्रों के बीच ज़ीरो पावर के बल्ब की रोशनी में उभर कर दिखती फ़ोटो गंगाधर के पिता की थी। सड़क पर जाते लोगों को लगता इसी जगह इतने साल तस्वीरों को फ्रेम करने का काम करते-करते उसके अप्पा एक दिन अचानक काम छोड़कर फ्रेम के अन्दर जा बैठे थे।

धूप तेज़ होने से पहले बाहर रखा सामान अन्दर रखने के लिए गंगाधर विक्की को जल्दी करने के लिए कह रहा था। डिलीवरी के लिए बाँधकर रखी गयी तस्वीरों को एक-एक करके विक्की अन्दर ला रहा था। गंगाधर उनको अलग-अलग करके जोड़ रहा था। सुन्दर कढ़ाई में 'वेलकम,' विभिन्न बटनों से बनाई गयी बतख़ें सिक्कों से बनाए गये मोर आदि की तस्वीरें एक ओर तथा देवी-देवताओं के चित्रों

को एक ओर रख रहा था। व्यक्तिगत चित्रों के बारे में गंगाधर बहुत जागरूक रहता था। आम तौर पर पचास वर्षों की आयु से ऊपर के बुज़ुर्गों की फ़ोटो कोई-न-कोई युवक लेकर आता था। बहुत बार यह मृत्यु के बाद की चुनी हुई फ़ोटो होती थी। किसी शादी की ग्रुप फ़ोटो से लेकर उसे 'टच अप' करवाया होता था, जिस पर सफ़ेद से धब्बे पड़े होते। इन तस्वीरों को एक तरह का सूतक चिपका हुआ लगता था। कई बार इन चित्रों में कोई युवक या एन.सी.सी. का ड्रैस पहने कोई लड़का भी होता, जिसकी फ़ोटो लेने आए माता-पिता के हाथ पैसे देते हुए थर-थर काँपते।

सफाई और समेटने का काम तीन-चौथाई हो गया तो विक्की कपड़े में लपेट कर रखी कुछ तस्वीरें गंगाधर के सामने लाकर पूछने लगा—"इनका क्या करना है?"

ये वे तस्वीरें थीं जो हर साल बच जाती थीं, जिन्हें लेने कोई नहीं आता था। तबादला हो जाने के कारण या भूल जाने की वजह से या पैसे की तंगी के कारण ग्राहक लेने नहीं आते थे। उनमें ज्यादातर कढ़ाईवाली तस्वीरें, सीनरियाँ और देवी-देवताओं की तस्वीरें होती थीं। गंगाधर उन पर 'बिकाऊ' है कि पर्ची लगा देता। केवल फ्रेम की कीमत पर पूरी तस्वीर मिल रही देखकर नयी खोलियों में गये हुए या झोपड़ियों से उठकर चाल में आनेवाले तस्वीरें खरीदकर ले जाते थे। गंगाधर का भार भी हलका हो जाता था। परन्तु इस बार यह स्लिप लगाते समय वह थोड़ा चौंक गया, क्योंकि उनमें पचास के ऊपर की एक औरत, एक बुज़ुर्ग और एक अधेड़ आयु का आदमी, ये तीन तस्वीरें भी थीं। तीनों का जैसे एक-दूसरे से कोई सम्बन्ध था। जाने कौन इन्हें फ्रेम करने के लिए दे गये थे। लेकिन वापस लेने के लिए नहीं आए थे। वे चित्र उन कैदियों की तरह थे जिन्हें मिलने कोई नहीं आता। गंगाधर ने फिर उनको देखा। औरत की फ़ोटो पर 'टच अप' बहुत ज्यादा था। बालों में टँगे हुए फूल, सिन्दूर और साड़ी के प्रिंट के फूलों को ब्रुश से ठीक किया हुआ था। बाकी दोनों मर्द थे। तीनों एनलार्ज की हुई फ़ोटो थीं। कागज में लपेटकर रखने पर भी पिछले एक साल से उनकी आँखें बन्द नहीं हुई थीं। देखकर गंगाधर को अजीब-सा डर महसूस हुआ। औरत की तस्वीर का फ्रेम बहुत महँगा था। यह फ़ोटो देनेवाले वापस क्यों नहीं आए।

मज़ाक करने के अन्दाज़ में हँसते हुए विक्की कहने लगा—"इन पर भी 'फॉर सेल' की चिट लगा दीजिए।"

"छी! छी! छी!" गम्भीरतापूर्वक गंगाधर ने कहा। डरते और झिझकते हुए उसने ऊपर अप्पा की फ़ोटो की ओर देखा। अगरबत्ती की राख माला के ऊपर इधर- उधर गिरी हुई थी।

सारी दोपहर गंगाधर याद करने की कोशिश करता रहा कि यह फ़ोटो कौन दे गये थे। देनेवालों को अब इनकी ज़रूरत नहीं थी, या उनको भी बुलावा आ गया था। या फिर फ़ोटो देते समय भावनाओं की जो शिद्दत थी वह बाद में नहीं रही थी।

"इनके फ्रेम और शीशे उतारकर रख लेते हैं और फ़ोटो फाड़कर फैंक देते हैं।" विक्की ने सलाह दी।

"तुझे इतनी जल्दी क्या पड़ी है?" गंगाधर ने गुस्से से कहा। "रात को जाकर अम्मा से पूछूँगा। अम्मा जैसा कहेंगी वैसा करूँगा।"

पिता की मृत्यु के बाद गंगाधर अम्मा को पूछे बिना कोई काम नहीं करता था। उसके पिता को छोड़कर गंगाधर सहित, उस मुहल्ले के सभी लोग उसे अम्मा कहते थे। अम्मा घर में कम ही रहती थी। यह कोई नयी बात नहीं थी। जब गंगाधर पैदा हुआ तो उसका दूध केवल गंगाधर ने ही नहीं पिया, उसी अस्पताल में पैदा हुए कितने और बच्चों ने भी पिया था। घर आने के बाद भी जच्चा अस्पताल में जाकर, जिन बच्चों की माताओं को दूध नहीं उतरता था। उन्हें दूध पिलाती। 'यह क्या पागलपन है?' गंगाधर के पिता खीझकर कहते। कितने ही बच्चों को दूध पिलानेवाली अम्मा कुछ सालों बाद बाज़ार के चौक में खड़ी एक दिन सोचने लगी इनमें से कितनों ने उसका दूध पिया था? गली के किसी लड़के को पीलिया हो जाए, उसकी देखभाल और किसी लड़की के प्लास्टर लगा हो और उसके घर में जगह कम हो तो इनके घर में उनके लिए आश्रय था। गंगाधर को कभी महसूस नहीं हुआ था कि वह अकेला है। उसे लगता था कि वह एक संयुक्त परिवार का अंग है।

अम्मा के अमृतबल्ली कषाय की महिमा तो पूछो मत। किसी को कहकर पता नहीं कहाँ से अमृतबल्ली मँगवाकर इकट्ठा करती और फिर उसे सुखाकर मर्तबान में भर कर रख लेती। अकसर काढ़ा बनाती। हर तरह के बुखार के लिए अम्मा का कषाय चाहिए था। जिन्हें इसका स्वाद पड़ जाता वे झूठमूठ पीठ दर्द कहकर या यह पीड़ा वह पीड़ा कहकर कषाय बनवाकर पीते। इस सारी भाग-दौड़ में और जन-सेवा के बीच अगर वह उन्हें थोड़ा-सा ध्यान और समय देने की कृपा करती तो गंगाधर और उसके पिता को इतना ही पर्याप्त होता।

पिछले कुछ सालों से उसने एक और नया काम शुरू किया था। वह शहर के अस्पतालों में जाकर ऐसे बेसहारा गम्भीर मरीज़ों, जिनका कोई रिश्तेदार या मित्र न होता, को ढूँढ़कर उनके लिए चावल, रागी या सूजी का पतला शीरा बनाकर ले जाती। थोड़ी-सी फुर्सत मिलती तो शीरा (गंजी) लेकर म्युनिसिपल अस्पतालों के वार्डों की ओर चल पड़ती। अप्पा के गुज़रने के अगले दिन भी उसने यह फेरा नहीं छोड़ा था।

रात को अम्मा के पास बैठकर धीरे-से गंगाधर ने अपनी लावारिस तस्वीरों की बात छेड़ी। "फूलमाला से सज्जित, किसी के काम न आनेवाली, भगवान की तस्वीरों के लिए तुम्हारी दुकान में जगह है और इन तीन यादगारों के लिए नहीं।" अम्मा ने झट से कह दिया, "दुकान में नहीं रखनी तो यहाँ ले आ।"

अप्पा की मृत्यु के बाद अप्पा की तस्वीर पर फूल चढ़ाने का विरोध करनेवाली अम्मा को लोगों का फ़ोटो फ्रेम करवाना भी अन्तिम क्रिया का ही एक अंश लगता था। "यादों को चौखट में जड़ने की क्या ज़रूरत है।" यह उसका तर्क था। लेकिन वह हठीली नहीं थी। अप्पा के गुज़रने के एक साल बाद कहने लगी—"उनकी एक फ़ोटो घर में भी होनी चाहिए। केवल मन में ही रखने से थोड़ा बात बनती है। उन्हें बाहर से भी तो देख सकें।"

गंगाधर के मन में विचार आया कि वह इन तीन तस्वीरों को ऐसी जगह लटकाए जहाँ से सड़क पर आने-जानेवालों की नज़र पड़ सके। यह बात सुनकर अम्मा बोली—"तुमने यह कैसे समझ लिया कि वे मर चुके हैं। वे स्वयं आकर अपनी फ़ोटो ले जाएँगे।"

अगले दिन दुकान पर जाते ही उन तीनों तस्वीरों को अच्छी तरह झाड़-पोंछ कर उनके ज़ंग लगे कील बदले और बाहर टाँग दिया। सड़क से जाते असंख्य लोगों में से कोई-न-कोई सम्बन्धी ज़रूर होगा। उनका ध्यान यह फ़ोटो खींच लेंगी। कोई एक आधा भी पहचानवाला निकल आया तो ये फ़ोटो अपने घर पहुँच जाएँगी। विक्की को यह बात न जँची। वह कहने लगा, "मरे हुओं की फ़ोटो काहे को डिस्पले करें।" गंगाधर ने उसे अम्मा के शब्दों में उत्तर दिया—"वे मर गये हैं, यह तुमने कैसे सोच लिया। वे खुद आकर अपनी फ़ोटो ले जाएँगे।" उसकी बात सुनकर विक्की हँस पड़ा।

हवा, मिट्टी और धूप की परवाह न करते हुए, सड़क की ओर लगातार देखते हुए तीन टँगे हुए व्यक्ति गंगाधर को बहुत जाने-पहचाने लगने लगे थे। उसे लगता कि उन तीनों का आपस में कोई रिश्ता था। बुज़ुर्ग पति, औरत उसकी पत्नी और तीसरा उस औरत का भाई। इस तरह के सम्बन्धों का अनुमान करता गंगाधर अपने फ्रेम मढ़ने का काम करता रहा।

दुकान पर फ्रेमों का आर्डर देने आते लोग इन तीनों तस्वीरों को एकटक घूरते। उनके मन में ये तस्वीरें जाने कैसे भाव पैदा करतीं। एक ने तो एक दिन सीधा पूछ ही लिया—"ये आपके सम्बन्धी हैं। इतने दिनों से ये फ़ोटो यहाँ पर हैं।"

"अरे नहीं! कोई रिश्तेदार नहीं है!" गंगाधर ने उत्तर दिया। बाद में उसे लगा कि उसने इतने आवेश में क्यों इनकार किया। उसे बड़ी हैरानी हुई।

विक्की का एक मित्र बंडिया किसी नाटक कम्पनी में काम करता था। किसी

काम से वह विक्की से मिलने आया था। इधर-उधर की बातें करते उसका ध्यान इन तस्वीरों पर चला गया।

"अरे ये फ़ोटो कितनी बड़ी है। कितनी स्पष्ट भी हैं। बालकनी से भी दिख जाएँगी। रंगमंच पर रखने के लिए फर्स्ट क्लास हैं। इस शहर की नाटक कम्पनियों को ऐसी तस्वीरों की जरूरत रहती है। मैं ले जाऊँ।" वह पीछे पड़ गया। इतने दिनों से इन्हें डिस्पले करके रखे होने से गंगाधर के मन में उनके लिए उत्पन्न हुई भावनाओं की तीव्रता धीरे-धीरे कम हो गयी थी। 'ठीक है, इन्हें नयी जगह मिल रही है तो ठीक है।' सोचकर उसने हाँ कर दी।

"इनके लिए कितने पैसे दूँ?" बंडिया ने पूछा? "पैसे देने की कोई आवश्यकता नहीं। मगर एक शर्त है—अगर कोई इन्हें लेने आ गया तो यह लौटानी होंगी।" गंगाधर ने कहा।

उत्साहपूर्वक बंडिया 'ज़रूर' कहते हुए उन्हें अखबार में बाँधने लगा। एक-दूसरे की ओर मुँह करके वृद्ध आदमी, औरत और अधेड़ आयु के आदमी की तीनों तस्वीरों को बाँधकर बंडिया जाने लगा तो गंगाधर को पता नहीं क्या सूझा—"एक मिनट" उसने कहा। फिर झट ही—"कुछ नहीं, ले जाओ।" कहकर चुप हो गया।

रात को हिम्मत जुटाकर अम्मा से बात की। "चलो ठीक है, तुम्हारी दुकान पर रहतीं तो उनका क्या सँवर जाना था। वहाँ स्टेज पर भी यही कुछ होगा, और केवल एक तुम्हारी दुकान तो नहीं इस शहर में, हज़ारों दुकानें होंगी। हर दुकान पर ऐसी लावारिस तस्वीरें होंगी। अब आगे से एडवांस पैसे लिया करो। फिर इतनी लावारिस तस्वीरें तुम्हारे पल्ले नहीं पड़ेंगी।" कहकर वह अजीब ढंग से हँसी। बंडिया जो फ़ोटो लेकर गया था, वह किस स्टेज पर, किस पात्र के माता-पिता बनेंगे। उसकी इस उत्सुकता को ख़त्म कर देनेवाली अम्मा की हँसी उसे वास्तविकता के संसार में ले आई।

रात को उसने सपने में देखा कि नगर के चौक में कोई तस्वीरों को आग लगा रहा था। उस औरत की साड़ी के 'टच अप' किए गये फूलों, और बुज़ुर्ग के माथे की उभरी हुई नसों को आग नहीं लग रही थी। वह घबराकर जाग उठा। उसने देखा रसोई में बत्ती जल रही थी। अम्मा चूल्हे पर उबलते पानी में अमृतबल्ली का चूरा डाल रही थी।

अगले दिन शहर के कुछ हिस्सों में साम्प्रदायिक दंगों की आग भड़क उठी थी। दोनों सम्प्रदायों के लोगों को एक-दूसरे को मारने और मरने के लिए छोड़कर उनके नेता अपने घरों में गद्दों पर बैठे टी.वी. पर मृतकों की संख्या की घोषणाओं का मज़ा ले रहे थे।

जिनके सिरों पर छत थी वे काम-धन्धा छोड़कर घरों में दरवाजे बन्द करके

सुरक्षित बैठे थे। सड़क पर रहनेवाले के पेट में, छाती में छुरे घोंपे जा रहे थे। कोई नाम पूछता तो नाम बताने से लोग डरते थे। एक बार में सभी आँतड़ियों को काट देने के लिए छुरे की मुट्ठी घुमाने की कला में लोग निपुण हो गये थे।

अस्पतालों में, मुर्दाघरों में पड़ी लाशों को ढूँढ़ने के लिए कोई नहीं आ रहा था, क्योंकि वहाँ नाम बताना पड़ता था और नाम के साथ कौम, जाति, जगह और फिर छुरे फिर कत्ल। बेघर लोग आकाश की छत के नीचे आँखें फाड़े देखते भूतों की तरह रातें बिता रहे थे। गलियों में हँसना मना था। स्कूलों में अस्पताल जैसा मौन छाया हुआ था। वार्डों में जगह नहीं है, अपने घायल सम्बन्धियों को घर ले जाओ। ऐसे चिल्लाती हुई एम्बुलैंस रात को गलियों में घूम रही थी।

अगले दिन चोरी-चोरी दुकानें खोलीं। गंगाधर को कुछ सूझ नहीं रहा था। उपनगर के स्टेशनों के बाहर, सभी अस्पतालों में आँकड़े दिखाते सूचना-पत्र चिपका दिए गये। लोग इन सूचनाओं को देखने इस तरह उमड़े जैसे लड़के-लड़कियाँ नतीजा देखने के लिए उमड़ते हैं। केवल अम्मा बिना किसी बात पर ध्यान दिए एक वार्ड से दूसरे वार्ड में आ-जा रही थी। ऐसे समय कर्फ्यू के बावजूद एक लड़का गंगाधर की दुकान पर आया।

''नमस्ते, मुझे आपसे थोड़ी मदद चाहिए। उसे बिठाकर गंगाधर ने उसका हाल-चाल पूछा। उसका विचार था कि दंगों में उसका नुकसान हो गया होगा, मदद माँगने के लिए आया होगा। परन्तु उसका अन्दाज़ गलत निकला। उसकी कहानी कुछ और थी।

वह एकलव्य था। इसी शहर के किसी कोने में उसने आँखें खोली थीं। माता-पिता का कुछ पता नहीं था। वह सड़कों पर ही पला-बढ़ा था। अब रिक्शा चलाता था। एक सुन्दर-सी लड़की का उसने मन मोह लिया था। वह उससे शादी करना चाहता था। उसके लिए खरे सोने का मंगल सूत्र भी खरीद कर रखा था। सुभाष नगर में नल वाली खोली भी खरीद ली थी। उस लड़की को मालूम था कि लड़के के आगे-पीछे कोई नहीं था। लेकिन उसने अपने माँ-बाप को बताया था कि उसके माता-पिता थे, पर अब नहीं हैं। उसके माता-पिता किसी यतीम के साथ बेटी की शादी करने के लिए राजी न होते। अब अगर वे मेरी खोली में आएँ तो उन्हें दिखाने के लिए एक बुज़ुर्ग आदमी और एक औरत की फ़ोटो चाहिए। अगर आप चाहें तो मैं हमेशा के लिए अपने घर में रखने के लिए तैयार हूँ।

गंगाधर हक्का-बक्का रह गया। उसकी कहानी ऐसा मोड़ लेगी उसने सोचा ही नहीं था। लड़का सही लगता था, पर इस समय बेबस खड़ा था।

''तुम एक सप्ताह पहले आते तो तुम्हारा काम हो जाता। धत्!'' कहकर

गंगाधर हाथ मलने लगा। "ठहरो देखता हूँ, अगर कुछ हो सके तो।" कहकर उसने विक्की से बंडिया के बारे में पूछा।

"बंडिया के हाथ गयी फ़ोटो कैसे वापस मिल सकती हैं। पता नहीं इस शहर की किस नाटक कम्पनी के पास पहुँच गयी होंगी। स्टेशन के पश्चिम की ओर फ्रेमों की एक दुकान है। वहाँ पूछ कर देखो।" विक्की ने सलाह दी।

गंगाधर उसे साथ लेकर पुल लाँघकर पश्चिम की ओर चल पड़ा। वह दुकानदार कहने लगा—"न बाबा ऐसे लफड़े में पड़ना हमारे धन्धे के लिए ठीक नहीं है। ऊपर से दंगे हो रहे हैं। लोग एक-दूसरे को मार रहे हैं। कमाई का यही समय है। आजकल बहुत काम है। हमें कितने फ्रेम बनाने हैं। काम के दिनों में हम ऐसी मुसीबत गले में नहीं डालना चाहते।" पान से भरे लाल सुर्ख मुँह से उसने रुखे ढंग से कहा।

गंगाधर को महसूस हुआ। उसने ऐसे ही वह फ़ोटो नाटक कम्पनी को दे दी। उन्हें इतनी बढ़िया जगह मिलनी थी। लड़के को दिलासा देते हुए उसने कहा—"चिन्ता मत करो। तुम्हारी शादी ज़रूर होगी।"

"मैं तस्वीरें बहुत सम्भाल कर रखूँगा, सर। उनके सामने ही हमारा ब्याह होगा। शादी में तस्वीरों को पूरा सम्मान देंगे।" लड़के ने कहा।

गंगाधर को कुछ सूझा। वह पूर्व की ओर मुड़ गया और सब्जी मंडी में चौबारे वाले फ़ोटो स्टूडियो की सीढ़ियाँ चढ़ गया। स्टूडियो वाला कोई भी बात सुनने के लिए तैयार नहीं था। कल को फ़ोटोवाले आकर मुझ पर मानहानि का दावा कर दें तो मैं क्या करूँगा?" उसने ठोस दलील देकर कहा।

"देखो सर, शुभ काम के लिए ले जा रहा हूँ। कोई भी एतराज नहीं करेगा। उसे मनाने की गंगाधर ने बहुत कोशिश की पर वह ना माना।"

लड़के को लेकर गंगाधर अपनी दुकान पर आ गया। "कल सवेरे आना। कोई न कोई प्रबन्ध कर दूँगा।"

लड़के ने अपने दोनों हाथ बढ़ाकर गंगाधर के हाथ पकड़ लिए, फिर चला गया।

अँधेरा होने से पहले ही दुकानें बन्द करके पड़ोसी दुकानदार शाम के अख़बार में मृतकों और हत्याओं की ख़बरें पढ़कर चर्चा कर रहे थे।

गंगाधर गया तो अम्मा दो बड़े-बड़े डोल गंजी के भर रही थी। थरमस में उसने कषाय डाल दिया था। "मैं रात को घर नहीं आऊँगी। जे.जे. अस्पताल जा रही हूँ। वहाँ तेरी ही उमर का एक लड़का है। पेशेंट नं-21321, तेरह जगहों पर चाकू लगे। तीन फ्रैक्चर, एक सिर पर भी। नर्स बता रही थी कि दो घंटे खून बहता रहा। कोई उठाकर अस्पताल छोड़ गया। क़िस्मत देखो, इतने ऑपरेशन हुए और वह

बच गया। लेकिन याद्दाश्त ख़त्म हो गयी है। नाम, कुल, पता कुछ भी याद नहीं। अब तो वह नये जन्मे बच्चे की तरह है। अजीब ढंग से देखता है। पीठ पर हाथ फेरते हुए उसकी आँखों में आँखें डालकर देखो तो वह मुस्कराने लगता है।'' कहकर अम्मा ने गंगाधर का पायजामा और कमीज़ थैले में डाले और जाती हुई बोली—''आज अगर मैं वहाँ न होती तो अस्पताल वालों ने उसे डिस्चार्ज कर देना था। कब्र जैसे सुनसान इस शहर में वह बेचारा कहाँ जाता? यतीमों के लिए अगर कोई कपड़े माँगने आए तो ज्यादा मीन-मेख़ मत निकालना और न ही फटे हुए कपड़े देना। तेरे अप्पा का शादीवाला कोट अच्छा मज़बूत है। वह दे देना। ठंड में किसी के काम आएगा। मेरी साड़ियाँ भी यहाँ पड़ी हैं।'' कहकर चली गयी।

उस रात अम्मा घर ना आई। गंगाधर यतीमों को देने के लिए रखे कपड़े एक-एक करके आलमारी से बाहर निकालने लगा। अप्पा के कपड़े बाहर निकालते उसे लगा उनमें नयी जान भर गयी थी। उसकी आँखों के सामने पेशंट ने 21321 आ गया। मज़हब, पता, नाम घर का पता सभी भूलकर फिर से वह इंसान का बच्चा बन गया था। इस 21321 के बैड पर बैठकर अम्मा उसे गंजी पिला रही थी। हठ करने से अनजान टुकुर-टुकुर देखता वह गुड़क-गुड़क करके गंजी पी रहा था। उसके होंठों के कोनों से प्याज के छिलके जैसी हँसी बिखर रही थी। उसने गंगाधर की नीली कमीज़ पहनी हुई थी।

गंगाधर बहुत उत्सुक था कि कब दिन निकले और वह दुकान खोले और फ़ोटो माँगने आए लड़के को मिले। यतीमों के लिए बाँधकर कपड़ों की गाँठ वह साथ के घर में रखकर जल्दी-जल्दी दुकान की ओर चल पड़ा। लड़का आगे खड़ा था। जैसे रात वहाँ ही रहा हो। गंगाधर ने दुकान का दरवाज़ा खोला और स्टूल पर चढ़कर अप्पा की फ़ोटो से माला उतारी। फिर धीरे से फ़ोटो को कील से उतारा और नीचे उतरकर उसे कागज़ में लपेटकर लड़के के हाथ में थमा दिया। कोई खजाना मिल जाने की तरह ख़ुश होकर लड़का बोला—''बस इतना ही काफ़ी है, सर! अम्मा तो होगी ही, लोगों को इतनी बात समझ में आ जानी चाहिए...इतनी तो समझ होनी चाहिए...।'' कहते हुए गंगाधर से हाथ मिलाकर वह तेज़ कदमों से चल पड़ा।

काली चट्टान का शैतान

—बोलवार महम्मद कुन्ही

अदरम की नानी कुन्हीपात्तुमा अपनी झोपड़ी में बैठी किस अकथित भय और चिन्ता में डूबी, पहाड़ी की चोटी की ओर देख रही थी जो झोपड़ियों की ओर झुकी प्रतीत हो रही थी। ऐसे लगता था जैसे किसी पल भी वह उन पर गिरी कि गिरी। वह पंचायत के कार्यालय से आनेवाले दयालु कार्यकर्ताओं की प्रतीक्षा कर रही थी जो आकर झोपड़ियों में रहनेवालों के नाम लिखनेवाले थे।

कब्रिस्तान की बाड़ के साथ मस्ज़िद से पहाड़ी की ऊँचाई शुरू होती थी। अगर पहाड़ी पर चढ़ जाओ तो आधा मुत्तुपड़ गाँव दिखाई दे जाता है, लेकिन कुन्हीपात्तुमा की छोटी-सी झोपड़ी आसानी से कहीं दिखाई नहीं देती। पश्चिम की ओर से एक बड़ा पत्थर लुढ़का दो तो वह सीधा लुढ़कता हुआ नीचे आएगा। दो फर्लांग तक उसके रास्ते में कोई रुकावट नहीं होगी, पहाड़ी के नीचे की ओर बैलगाड़ियों के लिए बने समतल रास्ते से होता पेड़ों के झुंड को लाँघकर धान के खेतों में आकर गिरेगा और कहीं थोड़ा-सा भी इधर-उधर मुड़ गया तो इमली के पेड़ की परछाई में छुपी कुन्हीपात्तुमा की झोपड़ी का मलियामेट कर देगा।

अगर पहाड़ी पर खड़े होकर आप बिलकुल सीधा देखें तो कुन्हीपात्तुमा की झोपड़ी बच्चों के खेल-खेल में बनाए घर जैसी दिखेगी। अगर उसके खुले बरामदे में खड़े होकर देखें तो वही पहाड़ी झोपड़ी पर गिरने के लिए तैयार खड़ा काला शैतान लगेगी।

वे दयालु किसी समय भी आ सकते थे। उन्हें पहाड़ी के साथ बने रास्ते से होते हुए लंटाने की झाड़ियों के बीच से होते हुए, धान के खेत में खड़े देवदार के पेड़ के गिर्द से होकर आना था।

सत्रह शामें इसी प्रतीक्षा में बीत गयीं। अट्ठारवें दिन के युवा सूर्य ने जब मस्ज़िद की बाईं ओर से बरामदे में झाँका तो एक खुशखबरी ने कुन्हीपात्तुमा की झोपड़ी में एक नये जीवन की आशा रच दी। लम्बा रास्ता तय कर बीड़ी ब्रांच से तम्बाकू के पत्ते लेकर पसीना-पसीना हुए अदरम के साथ जब यह ख़बर झोपड़ी

में घुसी तो उस समय चट्टान की परछाईं बरामदे में पड़ रही थी। यह ऐसी ख़बर थी जो झोपड़ी की छत पर पड़े सूखे ताड़ के पत्तों को भी हरा-भरा कर सकती थी। इसमें इतनी शक्ति थी कि इन गरीबों में जो बहरे थे उनको भी सुनाई दे जाती।

कुन्हीपात्तुमा से इतनी बड़ी ख़बर न निगली गयी न पचायी गयी। वह धीरे-धीरे इसका स्वाद लेती इसे चबाती रही।

अदरम की नानी कुन्हीपात्तुमा, सरमा—उसकी सबसे बड़ी बेटी—विधवा—चार बच्चों की माँ, सकीना—उसके बेटे कादिर की पत्नी। कादिर जो घर से भागकर मुम्बई चला गया था, और जाते-जाते झोपड़ी की स्त्री जनसंख्या में एक बच्ची की बढ़ोतरी कर गया था। हलीमा—छोटी बेटी अभी शादी होनेवाली थी। सभी अदरम के गिर्द इकट्ठी हो गयीं, लगीं दलील बाजी करने। ख़बर सच भी हो सकती है, उन्हें आशा थी। पर डर था कहीं झूठ ही न निकले। इसलिए सवाल पूछ-पूछ कर वे तसल्ली करना चाहती थीं।

दुबली-पतली एकदम सूखी हुई कुन्हीपात्तुमा के लिए इस ख़ुशी को छिपाना बहुत मुश्किल हो गया था। "जब मैं छोटी थी, समझ लो अदरम जितनी, उस समय यह ख़बर सुनकर मुझे कोई सन्देह न होता। तब तो अगर कोई यह भी कह देता कि चावल एक आने सेर हैं तो मैं लेती। और अगर मैं आज मान लूँ कि वह हमें रुपये किलो चावल देनेवाले हैं तो लोग कहेंगे की बुढ़िया की मति मारी गयी है। उसने अपना पूरा मुँह खोला और लाल दाँत दिखाती हँस पड़ी। उसकी बहू सकीना की तो हँसी ही न रुके—"हर परिवार के लिए बीस किलो चावल ही! ही! ही! इतने सस्ते बेचने के लिए कहीं से चुरा कर लाएँगे चावल।" और वह हँसती गयी।

अदरम का मुँह शर्म से लाल हो गया। वह बेचारा रुआँसा हो गया। "नारण्णा क्या अफवाहें फैला रहा है? सारी बीड़ी ब्रांच जानती है उन्होंने रूल बनाया है कि हर गरीब परिवार को बीस किलो चावल मिलेंगे। पंचायत के कार्यालय के कार्यकर्ताओं ने नाम भी लिखने शुरू कर दिए हैं। मेरा दिमाग खराब हो गया है? मुझे क्या पड़ी कि आकर झूठ बोलूँ? मेरी बात पर आपको यकीन नहीं तो न सही।" उसने चिल्लाते हुए कहा।

अदरम की माँ सरमा यह ख़बर सुनकर ख़ुशी से फूली नहीं समा रही थी। उसे याद आया कि बाग़वाले घर का हाजी पुट्टवा अपनी माँ की बरसी पर हर साल गरीबों को मुफ़्त चावल बाँटता था।

"अम्मा यह बात सच हो सकती है।" सरमा के बोलने के लहजे में आई तबदीली ने एक आशा जगा दी और वे सभी उसकी बात ध्यान से सुनने लगीं।

"इन्दिरा गाँधी को मरे एक साल तो हो गया है, नहीं, हम हर बार उसी को वोट डालते रहे हैं। अब उसका बेटा सरकार चला रहा है। कौन जाने वह अपनी माँ के नाम पर चावल बाँट रहा हो? उन लोगों को कोई कमी तो नहीं?"

अपने नाती की बढ़िया ख़बर की हामी भरने के लिए बुढ़िया सरमा की शुक्रगुज़ार थी। गुस्से से मुँह फुलाकर बैठे अदरम से किसी और ख़बर का पता लगाने के लिए वह उसके और नज़दीक हो गयी और पूछा—"बेटा, तुम्हें किसने बताया?"

अदरम ने गुस्से से मुँह दूसरी ओर मोड़ लिया और जवाब देने से इनकार कर दिया। जब उसकी नानी ने उसे फुसलाकर पूछने की कोशिश की तो वह खीझ गया। 'मुझे नहीं पता' कहकर वह झोपड़ी से बाहर चला गया।

चट्टान की परछाईं बैलगाड़ियों के रास्ते से पीछे हट गयी और देवदार के पेड़ की परछाईं के साथ मिल गयी।

कुन्हीपात्तुमा कुछ देर और जानमाज़ पर बैठी रही। उसकी आँखें बन्द थीं। वह अल्लाहताला से दुआ कर रही थी कि कहीं अदरम की लाई हुई ख़बर झूठी न निकले। वह किसी तरह भी अपने आपको दिलासा न दे सकी। अगर ख़बर सच्ची हुई तो उर्स के समय दो रुपये ऊलाल मस्ज़िद में चढ़ाने की मन्नत मानी। इसके बाद ही उसे थोड़ी तसल्ली हुई।

बुढ़िया ने बायाँ हाथ पीठ पर रखा और अल्लाह का नाम लेती सीधी हो गयी। सकीना से उसने बुरका माँगा। वह बीड़ी ब्रांच जाना चाहती थी। चावल ठीक तरह से पके थे कि नहीं, यह देखने को हाँडी में कलछी चलाती हलीमा न उसकी बात सुन ली। "इतनी तेज धूप में क्यों जा रही हो अम्मा?" उसने माँ से पूछा।

रसोई के धुएँ में बेहाल होती बेटी को देखकर माँ को बड़ा दुख हुआ। इसके हाथ पीले हो जाते तो कितना अच्छा था। अपने घर जाती, अपने मर्द के लिए खाना पकाती। उसके मन में ये चिन्ताएँ थीं, लेकिन वह बोली, "मैं न जाऊँ तो और कौन जाएगा? तेरा अब्बा उठकर आएगा कब्र से यह काम करने के लिए? अगर सचमुच ही पंचायतवाले चावले देने वाले हैं तो मैं नारण्णा को कहूँगी हमारे नाम भी लिख लें, नहीं तो पिछली बार की तरह होगा सारे गाँव को चीनी के कार्ड मिल गये और हम रह गये। यह चावल केवल गरीबों के लिए ही हैं। जल्दी में कहीं हमें भूल ही न जाएँ।"

हलीमा चुप हो गयी। वह सोचने लगी अगर कादिर भाई यहाँ होता तो अम्मा को धक्के न खाने पड़ते। वह मुम्बई भाग गया। नये लहँगे के लिए पाँच रुपये भी न भेजे। हमारी उसको क्या फिक्र है, खुदा जाने कहाँ मारा-मारा फिरता है? हलीमा ने गहरी साँस ली।

सकीना ने जो बुरका लाकर दिया उसे पहनने के लिए कुश्ती कर रही बुढ़िया का पारा चढ़ गया—"यह बुरका है। नीचे से कितना फटा हुआ है। कैसे पहनूँ? इसे थोड़ा सिल नहीं सकती? टाँगें फैलाए खसम के इन्तजार में बैठी रहती हो। वह आकर तुझे नया खरीद कर देगा?"

सकीना काटे हुए तम्बाकू के पत्तों में पानी डाल रही थी। वह तिलमिला उठी—"इस घर में क्षण भर के लिए मरने की फुर्सत भी मिलती है? मैं क्या सारा दिन चारपाई पर पड़ी रहती हूँ? दिन-रात तो लगी रहती हूँ। सिर खुजलाने की फुर्सत भी देती हो मुझे? तुम सभी माँ बेटियाँ एक तरफ और मैं अकेली एक तरफ। मैंने तुम्हारे बेटे को घर से भागने के लिए कहा था? घर में एक ही तो बुरका है। कहीं भी जाना हो, यही तो पहन कर जाती हो—उर्स, जंगल पानी—फटे नहीं और क्या हो?" सकीना ने सवालों की झड़ी लगा दी।

सरमा को उसका यह अकड़ भरा जवाब अच्छा न लगा। "फालतू न बोलती जा। अपनी रोटी के लिए हम सभी काम करती हैं। यह बुरका तुम्हारा सही, यह क्यों भूलती है कि यह मेरे भाई ने ही लाकर दिया था तुझे। इसे पहनने का हक हम सभी को है, समझी?"

"मुझे क्या, चाहे इसे पहनो या चीथड़े कर दो। मेरे लिए कोई और जगह है कब्र के सिवा? मुझे और मेरी बेटी को ज़हर क्यों नहीं दे देती। फिर तो तुम भी ख़ुश हो जाओगी न?" सकीना ने रोना शुरू कर दिया।

"बस कर बहुत हो गया। मुझे मालूम है तुम चाहती हो कि मैं जल्दी मर जाऊँ। मुझसे कोई काम जो नहीं होता, इसीलिए इतना कुछ सुना दिया। अगर मैं कुछ कह दूँ तो रोना शुरू कर देती है। इसमें कौन-सा बड़प्पन है?" कुन्हीपात्तुमा ने दुखी होकर कहा।

सकीना की बेटी उसके पाँव के पास बैठी उसकी ओर देख रही थी। कुन्हीपात्तुमा ने उसे उठाकर छाती से लगा लिया। "बच्ची तू अपनी माँ से ज्यादा समझदार है।"

सकीना शर्मिन्दा हो गयी और सास से बुरका लेकर सरमा से सुई-धागा माँगा। कुछ ही समय बाद कुन्हीपात्तुमा की झोपड़ी में नौ भूखे पेटों ने मांड के साथ ही चावल खाकर हाँडी खाली कर दी।

उसी शाम कुन्हीपात्तुमा ने बीड़ी ब्रांच के फोरमैन नारण्णा की बात हर महीने हर परिवार के लिए बीस किलो चावल याद करते हुए सूरज ढलते समय अपनी झोपड़ी के दालान में कदम रखा।

वह कुछ सोचती हुई वहीं रुक गयी। उसके मन में एक विचार उठा और इससे उसके शरीर में झुनझुनी होने लगी। इमली के पेड़ की टेक लेकर वह वहीं बैठ गयी, मानो उसी टाँगों में जान ही न रही हो।

उसने आँखों ही आँखों में अपने घर को तीन हिस्सों में बाँट दिया। अँधेरा हो गया था लेकिन बुढ़िया चक्कर लगा रही थी। वह घरवालों के लिए एक पहेली बनी हुई थी। जब बच्चे सो गये तो उसने सभी को बुलाकर अपनी योजना बताई।

अदरम अपनी नानी की योजना सुनकर बहुत ख़ुश हुआ और कहने लगा कि वह इससे पूरी तरह सहमत है। वह मामी के साथ जाकर जंगल से बाँस लाने के लिए तैयार था।

सरमा अपनी एकमात्र पूँजी चाँदी की पायजेबें शंकरप्पा शेट्टी की पत्नी के पास गिरवी रखने के लिए तैयार हो गयी इससे वह उसे पचास रुपये उधार दे देगी।

सकीना को अपने मायके के गाँव की एक छत याद आ गयी थी। उसने सलाह दी कि गुसलखाने से बाँस का परदा हटाकर उसे छत बनाने के काम में लाया जा सकता है। नारियल के पचास झाड़ लाकर उनसे दीवार बनाई जा सकती है।

कुन्हीपात्तुमा ने रेत और मिट्टी लाकर दो और चूल्हे बनाने का काम अपने सिर ले लिया। अदरम ने कसम खायी कि वह इस योजना के बारे में किसी से नहीं कहेगा।

एक गुरुवार को (अट्ठारहवें दिन) जब ये सभी फैसले कर लिये गये—हलीमा बरामदे में बैठी बीड़ियाँ लपेट रही थी कि पहाड़ी से उतरकर आते चार-पाँच आदमियों को देखकर वह चौंक गयी। बीड़ियों को लाल धागे से बाँध रही सकीना ने आदत के अनुसार अपना बायाँ हाथ सलीमा की ओर बढ़ाया, उधर से कोई प्रतिक्रिया न हुई तो वह उसकी ओर मुड़ी।

"वे आ गये।" दृष्टि को पहाड़ी के निचले हिस्से पर टिकाये हलीमा ने कहा। दोनों ने देखा कि उन पाँच आदमियों में से एक ने उनके घर की ओर इशारा करते हुए दूसरों से कुछ कहा। दोनों ने अन्दर बच्चे को दूध पिला रही सरमा को एक साथ आवाज़ लगाई। नाले की ओर से भारी कदम उठाती धीरे-धीरे आ रही कुन्हीपात्तुमा को सफ़ेद कपड़ोंवाले आदमी खुदा के मसीहे लगे और वह उत्तेजना से काँप गयी। "लगता है वे आ गये हैं।" सरमा ने अपने अन्दाजे को शब्दों का रूप देकर कहा।

बुढ़िया जल्दी-जल्दी अन्दर आई। उसकी साँस फूली हुई थी। "सकीना" उसने कहा, "तुम बाईं ओर जाओ। सरमा तुम दाईं ओर जाओ और कुछ बच्चों को साथ लेती जाओ चूल्हों में आग जलाकर पानी उबालने के लिए रखो। याद है न उन्होंने क्या कहा था—'एक चूल्हा एक घर।' झोपड़ियों से सिर निकालकर बाहर मत झाँकना।" उसने आस-पास देखा और पूछा—"अदरम कहाँ है?"

"मैंने उसे सिरदर्द की दवाई लेने के लिए भेजा है।" सरमा ने अपनी कनपटियों को दबाते हुए कहा।

हलीमा ने चैन की साँस लेकर कहा—"चलो अच्छा ही हुआ है, अगर

कहीं वह अन्दर की बात बता देता तो हमें बीस किलो चावल भी न मिल पाते।''

उनकी उम्मीद के अनुसार वह पाँचों आदमी पहाड़ी के नीचेवाले अँधेरे रास्ते से होते हुए आए और इमली के पेड़ की छाँव में आकर खड़े हो गये।

हलीमा उठकर अन्दर चली गयी और ताड़ के पीछे से देखने लगी कि वे कौन थे। उनमें से एक सुन्दर मूँछोंवाला युवक था। उसका कद छोटा था। उसने पैंट-कमीज़ पहनी हुई थी और अँग्रेजी फैशन के बाल बनाये हुए थे। दूसरे ने कन्धे पर झोला लटकाया हुआ था। तीसरा मौलवी था। हलीमा ने उसे तब देखा था जब उसके अब्बा की लाश को बाहर निकाला जा रहा था। बाक़ी दोनों में से एक ने पगड़ी बाँधी हुई थी। दूसरे ने एक चमकता काला बैग हाथ में पकड़ा हुआ था। हलीमा हैरान थी—'ये कौन हो सकते हैं?' इनमें से किसी के पास भी वह मोटी जिल्दवाला रजिस्टर नहीं था। ये गरीबों के नाम कहाँ लिखेंगे? इतने नाम ऐसे कैसे याद रखेंगे?

पगड़ीवाले ने बरामदे के एक कोने में खड़ी सकीना की बेटी को देखा। वह डर और उत्सुकता से इन अनजान आदमियों को देख रही थी।

''अब्बा घर में हैं?'' एक ने लड़की से पूछा।

''इसका जवाब वह आपको कैसे देगी जब उसने एक बार भी अपने अब्बा को देखा नहीं।'' कुन्हीपात्तुमा दरवाजे से बाहर आ गयी और बहुत सोच-समझकर जवाब देने लगी।

''जब उसकी बीवी को छठवाँ महीना लगा हुआ था तो वह घर छोड़कर चला गया। दो साल हो गये हैं। कुछ नहीं भेजता। अपना पेट भरने के लिए हमें कुछ करना ही पड़ता है। जब तक अल्लाह बुला नहीं लेता, दिन तो काटने ही हैं। वह बीड़ियाँ बनाती है और उस घर में रहती है।'' उसने 'उस घर' पर जोर देकर कहा।

''यह सभी अल्लाह का खेल है, बीबी।'' दाढ़ीवाले ने बनावटी उदासी भरे स्वर में कहा।

''घर नया लगता है। कोई ख़ास मौका है?''

कुन्हीपात्तुमा के बूढ़े हृदय का हौसला डगमगा गया। उसकी झुर्रियों भरी त्वचा में धीरे-धीरे बहनेवाला खून गर्म होकर तेजी से बहने लगा। उसने सोचा अगर वह इस समय चूक गयी तो अट्‌ठारह दिनों की उसकी दुआओं को शैतान झपट लेगा।

''हमारे घर में ख़ास मौक़ा क्या हो सकता है? बरसात में टपकता था। इसलिए हम तीनों घरवालों ने मिलकर नया छप्पर डाल लिया है।''

बुढ़िया ने अपनी चुस्ती पर अपने आपको शाबाशी दी और मौलवी की आगे की पड़ताल के लिए तैयार होकर उसकी ओर देखा।

"यहाँ तीन घर हैं?" युवक ने हैरान होकर पूछा।

"तुम ठीक कहते हो बेटा! आजकल तो माँ-बेटी की भी नहीं बनती। दो साल पहले हमने सभी कुछ बाँट लिया था। बेशक अन्दर आकर देख लो चूल्हे गर्म हैं कि नहीं?" झगड़ने के लिए तैयार कुन्हीपात्तुमा ने कहा।

"नहीं नहीं, मुझे क्या देखना है?" हैरान हुए पैंट-कमीजवाले युवक को अपना-आप हास्यपद लगा।

"अल्लाह की रज़ा में राज़ी रहना चाहिए, बस बीबी। मरते समय यह सबकुछ साथ थोड़े उठाके ले जाना है।" पगड़ी वाले आदमी ने कहा। वह अपने साथवाले की ओर मुड़ा और तीन डिब्बे देने के लिए कहा। "हमने एक यतीमखाना बनाने का निश्चय किया है अपनी जाति के यतीमों के लिए। हमारी जाति के यतीम लड़के सड़कों पर आवारा घूमते हैं, मारे-मारे फिरते हैं। हमारे लिए कितनी शर्म की बात है। हम चाहते हैं, अमीर-गरीब सभी यतीमखाना बनाने में हमारी मदद करें और पुण्य कमाएँ। मैं कोई सौ या हजार देने के लिए नहीं कह रहा। सिर्फ़ दस पैसे ही काफ़ी हैं। रोज के दस पैसे देने किसी के लिए भी मुश्किल नहीं हैं।"

कुन्हीपात्तुमा का चेहरा पीला पड़ गया—"आप यहाँ पूछताछ करने नहीं आए?" बुढ़िया की आवाज में जान ही नहीं थी।

"कैसी पूछताछ?" मौलवी ने हैरान होकर पूछा।

"हमारा वह नारण्णा कहता था कि कोई आएगा पूछताछ करने के लिए और नाम लिखने के लिए, वे हमें बीस किलो चावल देंगे।" बुढ़िया रुआँसी हो गयी थी।

"तुम क्या कह रही हो?" मौलवी ने कुछ समझ न आने पर अपनी दाढ़ी खुजलाते हुए कहा।

"मकरी साहिब आपको यह बात कैसे समझ आ सकती है?" पैंट कमीज़वाले आदमी ने लापरवाही से इस तरह कहा जैसे खुद वह सभी कुछ समझता था। "आपने कभी पैसे देकर चावल खरीदे हैं? आपको कैसे समझ आ सकती है? जब पके-पकाए चावल आपके दरवाजे पर पहुँच जाते हैं। हमारी जनता सरकार ने कहा है कि चावल दो रुपये किलो की दर से दिए जाएँगे और हर परिवार को बीस किलो चावल मिलेंगे। ये सोच रही हैं कि हम उसी के बारे में पूछताछ करने के लिए आए हैं।"

"तुम ठीक कह रहे हो बेटा, हम दो सप्ताह से उनकी राह देख रहे हैं, नारण्णा ने कहा था कि वह इस सप्ताह जरूर आएँगे।" बुढ़िया ने सारी बात बताई, फिर धीरे से पूछने लगी—"तुम उन लोगों को जानते हो, बेटा?"

पगड़ीवाला बीच में ही बोल पड़ा—"हम सारा मामला ठीक कर देंगे, बीबी। हम उनको बताएँगे कि यहाँ पहाड़ी के नीचे तीन झोपड़ियाँ हैं। हम तुम जैसों की सहायता नहीं करेंगे तो और कौन करेगा?" कहकर उसने नाटे अधिकारी से तीन हरे रंग के डिब्बे लिये और बुढ़िया को दिखाकर कहने लगा "देख बीबी, इनमें रोज़ दस पैसे डाल दिया कर। अल्लाह के नाम पर यतीमखाने के लिए चन्दा। हर महीने मस्ज़िद से कोई आया करेगा और ताला खोलकर तीन रुपये निकालकर ले जाया करेगा। बाकायदा रसीदें देंगे। अल्लाह के नाम का पैसा कोई हड़प नहीं सकता। ठीक है ना?" उसने कुन्हीपात्तुमा को ताले और छेद दिखाकर डिब्बे उसकी ओर बढ़ाए।

"हम हर माह एक रुपया चन्दा तो पहले ही दे रहे हैं।" बुढ़िया ने झिझकते हुए कहा। बैगवाले आदमी ने मौलवी की ओर देखते हुए कहा—"मौलवी साहिब यहाँ तीन घर हैं, फिर हम एक रुपया चन्दा क्यों वसूल कर रहे हैं?"

कुन्हीपात्तुमा के जैसे कानों के परदे फट गये। उसने आँखें बन्द कर लीं, बन्द आँखों के अन्धेरे से उसे पहाड़ी की चोटी से काला शैतान उनकी झोपड़ी की ओर आता दिखाई दिया।

हादसा

—बानु मुश्ताक

शहर से बाहर तालाब के किनारे कुकुरमुत्तों की तरह खड़ी हुई झोपड़ियों में से आखिरी उसकी थी। चार-पाँच बार म्यूनसिपैलिटी वाले इन झोपड़ियों को गिरा गये थे। परन्तु मनुष्य की छत की आवश्यकता के सामने हारकर चुप हो गये। उसने खुद अपने हाथों से मिट्टी की दीवारें खड़ी करके ऊपर छप्पर डाला था। उसके पास जो पैसा-धेला था वह झोपड़ी बनाने में लग गया था। अगर तालाब में पानी बढ़ गया तो उसकी झोपड़ी को सबसे पहले निगलेगा, यह भविष्यवाणी सभी ने की थी। दो दिन से बारिश हो रही थी, परन्तु पानी उसकी झोपड़ी से काफ़ी दूर था, तो भी वह कितनी बार झोपड़ी का दरवाजा खोलकर बाहर देखने गयी और हर बार गहरी साँस छोड़ती। सारी रात उसकी झोपड़ी की छत टपकती रही थी। उसने पानी इकट्ठा करने के लिए जगह-जगह बर्तन झोपड़ी में बिखेर कर रख दिए गये थे। बीस दिन पहले उसकी बेटी ने बच्चे को जन्म दिया था। नन्हे से शिशु को गोद में लिये सारी रात उसकी बेटी झोपड़ी में सूखी जगह ढूँढ़ती परेशान हो गयी थी।

रात को बीती एक और घटना ने तो उसके रोंगटे खड़े कर दिए। पूरी रात वह अन्दर-बाहर भागती रही थी। तालाब में कितना पानी चढ़ा है, यह देखने के लिए बर्तनों में इकट्ठे हुए पानी को बाहर फेंकती रही। जब वह अन्दर आई तो आधी रात बीत चुकी थी। थकी-हारी वह एक चौकी पर सिमटकर बैठ गयी। उसके सिर पर पानी की बूँदें गिरने लगीं तो उसकी आँख खुली। पता नहीं वह कितनी देर सोई रही थी।

लैम्प की फीकी-सी रोशनी में देखने लगी की बेटी कहाँ थी। वह चूल्हे के पास दीवार के साथ सहारा लगाकर एक चौकी पर बैठी थी। बेचारी आराम से सो भी नहीं सकती थी। उधर देखकर वह तो पत्थर हो गयी, वह प्राणी एक फुट लम्बा चार टाँगें और मोटी-सी पूँछ, पीठ पर काँटे और उसका हरा-लाल रंग। वह धीरे-धीरे उसकी बेटी की ओर बढ़ रहा था। अब खड़े होकर देखते रहना सम्भव नहीं

था। धीरे-धीरे पैरों में शक्ति का संचार आरम्भ हुआ। पल भर में झोपड़ी का दरवाजा खोला और बिजली की तेजी से बेटी के पास जाकर जोर से ठोकर मारी और वह प्राणी दरवाजे के पास जाकर गिरा। उसने चिल्लाना शुरु किया। उसकी चिल्लाहट सुनकर उसकी बेटी ने आँखें खोलीं—परन्तु किसी और झोपड़ी का दरवाजा न खुला।

पहले, बहुत पहले उसका भी एक नाम था। जब वह लहँगा-चोली पहने बरसात में भीगती, बारिश की बूँदों के साथ खेलती थी। जब उसने पहली बार साड़ी पहनी थी और पहली बार किसी ने उसकी ठोड़ी को ऊपर उठाकर उसकी आँखों में झाँका था और उसने लजाकर आँखें बन्द कर ली थीं। वह दुल्हन बनी। पति की मज़बूत बाँहों के आलिंगन ने उसे कस लिया। और जब कभी उसके पति को ग़ुस्सा आता और वह उसके सिर को पकड़ कर दीवार से पटकता, तब भी उसका एक नाम था। धीरे-धीरे समय उसके चेहरे पर सरल रेखाएँ, त्रिकोण, टेढ़ी रेखाएँ आदि रेखागणित के सभी चिह्न छोड़ता गया। गरमी, ठंड, धूप और बारिश की मार झेलते हुए पेट की आग को शान्त करने के लिए उसने एक मटमैली-सी चादर ओढ़ ली और मातम वाले घरों की ओर चल दी। रोने-पीटने की आवाज़ों की ओर से वह बहरी हो गयी। वह सामने पड़ी निर्जीव देहों को नहलाने लगी। उन पर इत्र लगाती, माचिस की तीली पकड़ 'ला ईलाहा ईल्लालल्लाह मुहम्मुदुर्र रसूलल्लाह' कलमा लिखती। तब कहीं पेट का क्षुधाग्नि की लपटें शान्त होतीं। और इस प्रकार वह गुसलिन मौसी बन गयी—लाशों को गुसल (स्नान) करानेवाली।

सुबह सूर्य की किरणों को देखकर लगातार बरसती बारिश भी आराम करने लगी। ठंडी जमीन पर पतले गद्दे पर एक चटाई बिछाकर उसकी बेटी हसीना सो रही थी। धूप निकलती देख वह गीले कपड़े बाहर फैलाने गयी। कीचड़ लगे पाँवों को धोकर अन्दर आयी और फट्टों पर पड़े डिब्बे खोल-खोलकर देखने लगी। लपेटकर रखे प्लास्टिक के लिफाफे भी खोलकर देखे। किसी में भी कॉफी पाउडर तो क्या उसकी धूल भी नहीं थी। 'या अल्लाह' कहकर उसने गहरी साँस ली। यह केवल कॉफी के लिए ही नहीं था। कॉफी के फूलों की मनमोहक सुगन्ध के साथ लहराती आयी भूले-बिसरे दिनों की मीठी-कड़वी यादें भी इसमें थीं। लगातार होती बारिश की झड़ी से ज़रा-सा भी न डरते, सिर उठाकर खड़े घरों की कतारें और उनके अन्दर महक छोड़ती खौल रही स्वादिष्ट कॉफी! सभी बातें इधर-उधर से आकर उसके मन में झाँककर छुप गयीं। अचानक उसे हँसी आ गयी। उसकी आँखों के सामने कॉफी के बाग के मालिक का बंगला आ गया। बंगले में केवल वह ही नहीं, सभी मजदूर मिस्तरी, नौकर-चाकर उससे डरते थे। वह खाना पकाती थी। उसकी मालकिन उसे हुक्म देती रहती थी—'मरियम जमील साहब को दूध पिला दो।' 'मरियम, इधर देखो, अनवर साहब का नाक बह रहा है।' 'मरियम, अकरम साहब को देखो।

नैपकिन पाखाने से भरा पड़ा है। उठाकर ले जाओ और धोकर साफ़ करो।' मरियम हैरान रह जाती—'यह छोटे पैदा होते ही साहब कैसे बन गये?' फिर उनकी माँ भी तो साहब थी। धीरे-धीरे उसे यह सभी सुनने की आदत पड़ गयी। धीरे-धीरे भूले-बिसरे उन बरसात की झाड़ियों के दिनों की तरह और कॉफी की मजेदार खुशबू की तरह उसके यौवन की गरिमा, रोमांच और जोश सभी गायब होते गये।

आह! वह फिर यथार्थ की दुनिया में लौट आयी। उंगलियों पर हिसाब करके गिनने लगी। आज अट्ठाईस दिन हो गये थे, वह काम पर नहीं गयी थी। 'तौबा! कैसे चलेगा! केवल पेट भरने का सवाल नहीं था। हसीना को चालीस दिन के बाद एक साड़ी, उसके बच्चे के लिए कपड़े, जमाई के लिए सौगात, बेटी को लेने आए उसके ससुरालवालों को खाना खिलाना और इस झोपड़ी के छप्पर के लिए नारियल के पत्ते आदि। हाय! मेरी जरूरतों का तो अन्त ही नहीं।'

इसका अर्थ यह नहीं था कि पिछले अट्ठाईस दिनों में इस शहर में कोई मरा ही नहीं था। दरअसल इस शरह में नूरानी मस्ज़िद से लेकर जारीआ मस्ज़िद तक आठ मस्ज़िदों के इलाके में जमीला बी को गुसल का काम सौंपा गया था। उस तरफ पाँच-छह औरतों की मौत हुई थी।

मरियम के इलाके में अगर औरतों ने न मरने की ठान ली तो उसका ज़िन्दा रहना मुश्किल हो जाएगा। वह बहुत परेशान थी। उसे समझ नहीं आ रहा था कि वह क्या करे? उसकी सोचने की शक्ति जैसे जवाब दे रही थी। अचानक उसे ख़्याल आया, वह भी कब्रिस्तान में रहनेवाले रहीम की तरह क्यों न करे। रहीम कब्रें खोदने का काम करता था। इसकी तरह जब कभी शहर के लोग न मरने का निर्णय करके बैठ जाते तो वह रात को चुपचाप उठता हाथ में कुदाली लिये किसी कब्र के पास जाता, पाँव से कब्र पर मारता और कुदाली से वहाँ टक लगाता और जाकर आराम से सो जाता। लो! सवेरे उसे कब्र खोदने का आर्डर मिल जाता। मैं भी ऐसा ही क्यों न करूँ? अगर टक्क लगाई कब्र किसी मर्द की निकल आयी तो उससे मुझे क्या लाभ होगा? या मेरी कोशिश का फल जमीला बी को मिल गया तो? 'या अल्लाह! गैब नेवाली! या दस्तगीर! या—' उसका मुँह खुला ही रह गया। कदमों की आहट सुनाई दी। उसने धीरे से गर्दन उठाकर देखा। गुलाबी रंग के चेहरे पर काली दाढ़ी दिखाई दी। दूसरा थोड़ा साँवले रंग का नाटा आदमी था। दोनों दरवाजे के पास आकर खड़े हो गये।

"मरियम बी" नाटे ने आवाज लगाई, "ठकेदार आदिम साहब के घर का तो पता होगा। फौरन वहाँ पहुँचना है।"

मरियम बी के दिल की धड़कन एकदम तेज़ हो गयी। उसने अपने उछलते हृदय को काबू करने का प्रयत्न करते हुए और अपनी उत्सुकता को दबाते हुए

साधारण आवाज में पूछा, ''क्या हुआ उनके घर?''

''उनकी बहू गुज़र गयी है?'' काली दाढ़ीवाले ने जवाब दिया।

किसी के मरने की ख़बर सुनकर एकदम 'बेचारी' कहना भी भूल गयी। 'इनलिलाही' व 'इन इलाही राजीवून' जो कहना चाहिए था वह भी न कहा।

''उनकी बेटी भी।'' नॉटे व्यक्ति ने कहा।

उसकी धमनियों में खून का दौरा तेज़ हो गया। जीवन-प्रवाह चालू हो गया। सारा संकट दूर हो गया।

''साथ में उनकी पोती की भी मृत्यु हो गयी।'' काली दाढ़ीवाले ने कहा।

मरियम बी की हैरानी की कोई सीमा न रही। इन हाथों में इतना बल कहाँ से आ गया? कहीं उसके पर तो नहीं निकल आए? उसका मन ख़ुशी से उछल रहा था। जल्दी से उसने अपनी पुरानी चादर निकाली और सिर पर ओढ़ ली। दरवाज़े के पास जाकर बेटी को आवाज़ लगाई—''ए हसीना, दरवाज़ा बन्द कर लो बेटी। मैं काम पर जा रही हूँ। आने में देर हो सकती है।

बड़े-बड़े कदम उठाती जा रही वह सोचने लगी—'एक ही घर में तीन—वह भी कोई बीमार नहीं थी! बूढ़ी नहीं थीं! कैसे मर गयीं? मैंने पूछा ही नहीं।'

उसके कदम तेज़ हो गये। आदम साहब के घर के सामने लगा शामियाना, सफ़ेद पायजामे, सफ़ेद कमीजें और सिर पर सफ़ेद टोपियाँ या सफ़ेद रंग का कपड़ा सिर पर बाँधकर खड़े मर्दों के झुंड, इधर-उधर खड़े बच्चे। शामियाने के पास पहुँचते ही कोई बहुत बड़ा काम करनेवाले अधिकारी की तरह उसके कदम धीरे हो गये। आते ही उसकी नज़र घर के आगे दान करने के लिए गेहूँ, चावल और नमक के बोरों पर पड़ी। एक बार तो उसके मन में आया कि वह अपनी चादर इनसे भर ले। अगले ही पल सोचा, 'छी! मैं कोई भिखारिन हूँ—गुसल करवानेवाली हूँ—मैं क्यों भिक्षा माँगूँ? मुझे तो मेरी मेहनत का सेवाफल इससे भी अधिक मिलेगा। मैं अपनी मान मर्यादा क्यों खोऊँ?'

उसने अभी अन्दर कदम रखे ही थे कि उसे बुलाने आया नाटा आदमी कहने लगा, ''गुलसिन मौसी, यह एक्सीडेंट में हुई मौतें हैं। कल सवेरे दुर्घटना हुई थी। पोस्टमार्टम के बाद अब कहीं जाकर लाशें हमें मिली हैं। हम ज्यादा देर इन्हें नहीं रख सकते। पानी गर्म हुआ पड़ा है। कपड़े लाकर रखे हैं। दूसरा भी सारा सामान ले आए हैं। आप अपना काम जल्दी से शुरू कर दो। हमें जौहर की नमाज़ (शाम की नमाज़) से पहले शव तैयार करके दे दें तो ठीक रहेगा।'' उसके लाशों जैसी सर्द आवाज में कारोबारी ढंग से बात ख़त्म कर दी।

मरियम बी एक पल वहीं-की-वहीं खड़ी रह गयी। वह इन घरवालों को जानती थी। ज़ीनत, रेहान, असमाँ—कितनी जल्दी उनके नाम गायब हो गये थे।

अब वह केवल शव थीं। उन्हें मिट्टी के हवाले करने का काम जल्दी से पूरा करना था। ओह! उसका तो काम ही यही था। मिट्टी में दफनाने के लिए नाखूनों के बीच भी कहीं कोई मैल हो तो उसे भी धीरे से माचिस की तीली से निकालकर साफ़ करना था। नये कफ़न में लपेटना था।

वह धीरे-धीरे कदम उठाती भीतर के आँगन की ओर बढ़ी। ठेकेदार आदम साहब ने बहुत बड़ा आँगन बनवाया था पर वहाँ पाँव रखने की जगह नहीं थी। औरतों से भरे उस आँगन में एक भी आवाज़ नहीं थी। मौन का अनवरत राज्य था। शब्द मूक हो जाने के कारण अनेक कारण होते हैं। लेकिन गहरे दुख में डूबा हुआ यह मौन हृदयों को कुरेद रहा था। गहरे सम्बन्धों का टूट जाना, अपनों का अनजान बन जाना, पलभर में ही नामों का गायब हो जाना। यह सन्दर्भ बड़ा ही विडम्बनापूर्ण था। वह सीधी अन्दर चली गयी। कमर पर रखा धागे का गोला निकाला और जल्दी-जल्दी तीनों लाशों की लम्बाई नापने लगी। धागों पर निशान लगा दिए। कफ़न सिले नहीं जाते।

कपड़े को बड़े ध्यान से काटना था क्योंकि कफ़न लाश के लिए छोटा नहीं होना चाहिए। कफ़न का छोटा होना अपशकुन माना जाता है। उसी घर में एक और मौत का डर और शंका पैदा हो जाती है। उसने कफ़न के लिए लपेटकर रखे कपड़े खोले। तीनों लाल रंग के थे। वे बूढ़ी नहीं थीं और विधवा भी नहीं थीं जो उनको सफ़ेद कपड़े में लपेटा जाता।

मिट्टी में मिट्टी होनेवाली इन तीनों में दो तो सुहागिनें थीं। तीसरी असमाँ तो कन्या थी। कन्या के अभी सपने भी पूरे नहीं हुए थे। वह तो अनखिली कन्या थी। कन्या की कब्र की मिट्टी से उसके यौवन की उमंगों और आकांक्षाओं की सुगन्ध आती है। वह कब्रिस्तान में जाते ही झुककर कब्र से मिट्टी मुट्ठी में लेकर सूँघ कर झट से बता देती कि यह कब्र किसी युवती की थी या नहीं।

उसने नाप लेकर तीनों कफ़न काट कर रख दिए। रीठों को कूटकर चूरा बना लिया। आँखों में डालने के लिए सुरमा भी रख लिया। इत्र की शीशियों के ऊपर के ढक्कन भी उतार दिए। उस कमरे में और कोई न आए यह सुनिश्चित करके दरवाजा बन्द करके वह आँगन में आ गयी। वहाँ तीन बड़े बर्तनों में पानी गर्म करने के लिए चूल्हों पर रखा हुआ था। उसने ढक्कन उतार कर देखे, पानी के ऊपर अनार की पत्तियाँ तैर रही थीं। उसकी तसल्ली हो गयी। वहाँ पास ही चार फुट लम्बे और डेढ़ फुट चौड़े गड्ढे खोदे हुए थे। उन्हें लहद कहते हैं। उनके ऊपर लकड़ी के तख़्ते रखे हुए थे। उनके ऊपर ही लाश को रखकर गुसल करवाना था। पानी सारा नीचे इन गड्ढों में जाना था। गुसल के लिए जो कुछ भी प्रयोग किया जाए वह भी इनमें गिरना चाहिए। यह पानी नाली में नहीं जाना

चाहिए, क्योंकि बड़े विधिवत ढंग से अल्लाह का नाम लेते हुए, प्रार्थना करके लाशों को गुसल करवाया जाता है। पवित्र हुआ यह पानी नाली में नहीं गिरना चाहिए।

उस ने लहद के तख़्ते पर पाँव रखकर देखा, वे अच्छी तरह टिकाए गये थे। नाटा आदमी वहाँ आया। मरियम बी ने युद्ध के सेनापति की तरह उसे हुक्म देते हुए कहा—"देखो जमाल भाई, उस ओर तो दीवार है, शामियाना लगाकर इधर से बन्द करवा दो। गुसल के समय कोई इधर झाँक भी न सके। क्या मुर्दों को लज्जा नहीं आती! बेचारे मुँह खोलकर बोल नहीं सकते। हमें बता नहीं सकते। आज उनका गुसल तो कल हमारा भी हो सकता है। इसलिए ध्यान से गुसल करवाया जाए। कोई ऊँच-नीच हो जाए या लापरवाही हो जाए तो कल को अल्लाह के सामने जवाबदेही किस की होगी?"

नाटे आदमी ने चार-पाँच और आदमी लगाकर शामियाने की दीवार बनानी शुरू कर दी।

सबसे पहले ज़ीनत की लाश को उठाना था। उसकी माँ और बहन बेहोश हो गयी थीं। सभी औरतें सिसकती हुई दबी आवाज में अल्लाह का नाम ले रही थीं।

ज़ीनत आदम साहब की इकलौती पुत्री थी। बेंगलौर के एक अमीर घराने में ब्याही हुई थी। दो बच्चों की माँ, कोई छब्बीस वर्ष की होगी। लहद के फट्टे पर लिटाकर मरियम बी ने उसके गिर्द लिपटी चादर उतारी। पोस्टमार्टम के बाद शरीर पर कोई जेवर नहीं था। साड़ी भी नहीं थी। मरियम बी के लिए यह भारी नुकसान था। क्योंकि लाश के कपड़ों की हकदार वही थी। तो भी चिन्ता की कोई बात नहीं थी। उसने टेढ़ी नज़रों से देखा। लाश नयी-नकोर चादर में लिपटी हुई थी। इधर-उधर खून के धब्बे थे—बस! वह धोने से चले जाएँगे। तीन नयी चादरें।

"पानी ज्यादा गर्म न हो, ठंडा भी नहीं होना चाहिए, गुनगुना हो।" उसकी मदद के लिए आई ज़ीनत की बड़ी बहन और भाभी को उसने हुक्म देने के लहजे में कहा।

मरियम बी ने विधिवत ढंग से गुसल आरम्भ किया। वजू कराया। सिर और बदन को रीठों की झाग से रगड़ा। जमा हुआ खून बह निकला गर्म पानी पड़ने से हल्दी जैसे बदन पर गुलाबी रंगत आ गयी। आखिर में अरबी सूर: का उच्चारण करते हुए पानी के डिब्बे भरकर लाश पर उड़ेलती गयी। फिर लाश को उठाकर ताबूत में बिछी चटाई पर लिटा दिया और चटाई पर बिछे कफ़न में लपेटना शुरू कर दिया। पहले शरीर के नीचे हिस्से को लपेटा। फिर छाती को और फिर सिर को। फिर ऊपर एक चादर डाल दी। चादर को पैरों पर इकटठा करके बाँध दिया। सिर से

चादर हटाकर मुँह नंगा कर दिया। उसके ऊपर अबीर छिड़का और माचिस की तीली के साथ उसने चादर पर लिखा—'ला ईलाहा ईल्लल्लाह...।'

एक खपरैल पर सुलगते अंगारे रखकर उन पर सुगन्धित धुएँ से लाश के बालों को सुखाया। फिर बीच में से माँग निकालकर बालों को दो हिस्सों में बाँट दिया और कफ़न के अन्दर कर दिया।

लाश को कफ़न में लपेट दिया तो एकदम सभी औरतें उसके गिर्द इकट्ठी हो गयीं। मरियम बी ने तीली से उसकी आँखों के नीचे सुरमे की एक धार खींच दी। बन्द आँखों के नीचे सुरमे की धार बड़ी सुन्दर लग रही थी। माथे पर, गालों पर, छाती पर इत्र लगाया और जो बचा वह कफ़न के उपर छिड़क दिया। बर्फ़ जैसे सफ़ेद मुश्क कपूर को उसने कफ़न के अन्दर बिखेर दिया। लाश के निकट सम्बन्धियों को पास आने का अवसर देकर वह बाहर चली गयी।

उसने आँगन में कदम रखा तो वहाँ दो और लाशें चुपचाप लेटी हुई थीं। एक नज़र उन पर फेंककर वह रसोईघर की ओर चल पड़ी। उसे थकावट महसूस हो रही थी। रसोईघर में आकर उसने एक चौकी पकड़ी और बैठ गयी। आस-पास के घरों में आए हुए चावलों के बड़े-बड़े बर्तन भरे पड़े थे। जिस घर में मौत हुई हो वहाँ खाना भेजने के रिवाज अनुसार सभी घरों ने चावल, दाल, सब्जी, अचार आदि भेजे थे। उनके ढेर लगे पड़े थे। चावलों का ढेर लगा देखकर मरियम बी की आँतें ऐंठने लगीं। राबिया ने जलते हुए चूल्हे पर कॉफी का बड़ा पतीला चढ़ाया हुआ था। चुपचाप बैठी मरियम बी को देखकर पूछने लगी—

"कॉफी दूँ, मौसी?"

"न बाबा, सवेरे से एक दाना मुँह में नहीं डाला। मैं बहुत थक गयी हूँ।"

"हाय मौसी! इतना अन्न। यह किसके लिए आया है। लो खाओ—अभी तूने दो और लाशों को गुसल कराना है। उसके लिए जोर चाहिए कि नहीं?"

एक थाली मोतिए की कलियों जैसे चावलों की भरकर ऊपर दाल डाली, एक तरफ सब्जी और अचार रखा और ऊपर एक पापड़ रखकर थाली उसके आगे रख दी।

मरियम बी ने जल्दी से हाथ धोए और अल्लाह का नाम लेकर एक निवाला मुँह में डाला। वह हैरान रह गयी। उसकी बेटी हसीना उसके गले में घुसकर बैठ गयी थी। बेचारी जच्चा के लिए दूध तो क्या, सूखी रोटी भी मुश्किल से जुटा पा रही थी। भूखी माँ की छातियाँ बच्चा चूसेगा तो उसके अन्दर आग तो लगेगी ही। कैसा संकट है! या अल्लाह मेरी बेटी भूखी बैठी है। बेटी का ख़्याल आने पर वह सिसकने लगी। परन्तु भूखा पेट जीत गया। उसने गले के बीच बैठी हसीना को बिना लिहाज एक ओर धकेला और जल्दी-जल्दी खाने लगी। आँखों

में उमड़ आए आँसुओं को पल्लू से पोंछा और आराम से खाती गयी।

उसने पेट भर खाया। बड़ा-सा स्टील का गिलास भर कर कॉफी पी। फिर अपनी साड़ी का पल्लू कमर के गिर्द लपेटकर उसने रेहाना की लाश को लहद के फट्टे पर लिटाया। रेहाना नयी ब्याही बहु दुल्हन थी। मरियम बी के हिसाब से जब तक बच्चा न हो जाए औरत दुल्हन ही रहती है। रेहाना के हाथों पर तो मेंहदी के फूल और बेलें अभी तक खिली हुई थीं। उसके गिर्द लपेटी चादर को उतारकर मरियम बी ने पानी डालना शुरू किया। पानी में खून ही खून आ रहा था। लाश को वजू कराया तो अचानक उसे दिखाई दिया रेहाना की नाक में चमकता लौंग उसने नाक में हाथ डालकर उसे खोलने के लिए घुमाना शुरू किया। लौंग को बाहर से घुमाया, अन्दर से घुमाया पर कोई फायदा न हुआ। वह उसी तरह ही बैठा रहा। मरियम बी ने अपनी कोशिशें जारी रखीं। उसके मन में कई लालसाएँ जाग उठी थीं। बहुत कम मौक़े ऐसे होंगे जब किसी मृतक का लौंग गुसल करवानेवाली को दान दिया गया हो। आज शायद उसे मिल जाए। यह लालसा उसके मन में उठ रही थी। सामने उसकी मदद करने के लिए आयी रेहाना की बड़ी बहन खड़ी थी। लाल हो गये नाक को पोंछकर बड़ी क्षीण-सी आवाज में बोली, ''यह हीरे का लौंग है। मेरी नानी का था। रेहाना नानी की बड़ी लाडली थी। नानी ने उसको शादी में दिया था।'' मरियम बी की सारी लालसाएँ झट से गायब हो गयीं और वह निर्विकार भाव से काम में लग गयी।

बदक़िस्मती से गर्म पानी से नहलाने के बाद, और अढ़ाई दम कराने के बाद भी खून बहना बन्द न हुआ। नहलाने के बाद दो लोग दोनों तरफ खड़े होकर, लाश के पेट पर हाथ रखकर और दूसरा हाथ सिर के नीचे रखकर झट से लाश को उठाकर बिठा देते हैं। इस तरह करने से लाश के अन्दर से मल-मूत्र, खून आदि सबकुछ निकल जाता है। इस तरह दो बार करने के बाद, तीसरी बार करने को अढ़ाई दम कहते हैं। रेहाना को नहलाने के बाद मरियम बी ने आवाज लगाई, ''रूई लेकर आओ। अस्पतालवाली कॉटन।'' कोई दो-तीन बंडल कॉटन दे गया। मरियम बी ने ताबूत में बिछे कफ़न के ऊपर रूई रखकर रेहाना को लिटा दिया। उसकी छाती और पेट जहाँ-जहाँ से खून रिस रहा था वहाँ भी कॉटन रख दी। ऊपर से कफ़न लपेट दिया। रेहाना बड़ी खूबसूरत लग रही थी। मरियम बी के कुशल हाथों से स्नान के बाद उसका चेहरा बड़ा सुन्दर लगा रहा था।

अभी असमाँ बाकी थी। अनखिली कली—सोलह की युवती। मरियम बी ने चुस्ती-फुर्ती से काम निपटा दिया।

जमील ने फिर जल्दी करने के लिए कहा। जौहर की नमाज़ का समय हो रहा था। अभी जनाज़ा—नमाज़ भी पढ़नी थी। ज़ीनत, रेहाना आसमाँ के चेहरे

ढक दिए गये। कफ़न को सिर के ऊपर लाकर एक गाँठ लगा दी। ताबूत के ढक्कन बन्द कर दिए गये। उनके ऊपर एक मोटा कपड़ा डाल दिया गया, उस पर अल्लाह का नाम लिखा हुआ था। वातावरण में अबीर, इत्र और गुलाल की खुशबू में लाश की ख़ास बू मिली हुई थी। रुका हुआ रुदन एकाएक शुरू हो गया।

अल्लाह का नाम लेते मर्द आगे आए और ताबूत उठाकर कन्धों पर रखकर चल पड़े। रोती कलपती औरतें आँगन की ऊँची दीवारों के पीछे रह गयीं। कई बेहोश हो गयीं। किसी ने उन पर पानी की छीटें दिए और फिर उनको पकड़कर अन्दर ले जाया गया। औरतें एक दूसरे को ढाढ़स बँधा रही थीं। थोड़ी देर बाद एक लड़का भागता हुआ अन्दर आया और कहने लगा—"जनाज़ा नमाज़ हो गयी है—अब कब्रिस्तान की ओर जा रहे हैं—तोशा दीजिए।"

किसी ने अन्दर से मिश्री और खजूर का भरा थैला लाकर दे दिया। लड़का लेकर भाग गया। औरतें खिड़कियों में से, आँगन की ऊँची दीवार के ऊपर से एड़ियाँ उठाकर देख रही थीं। मस्ज़िद से निकलकर तीनों लाशों को उठाए मर्द तेज़ कदम उठाते चल पड़े। बेशुमार लोग इकट्ठे हुए थे। सभी आँखों से ओझल हो गये।

औरतें सीधे गर्म पानी के बर्तनों के पास गयीं। एक-एक मग पानी का लेकर सभी ने वजू किया। इतनी देर में बड़ा हाल जहाँ लाशों को रखा था, धोकर, पोंछकर साफ़ कर दिया। वहाँ दरियाँ और खेस बिछा दिए गये। वजू करके आयी औरतों ने अपने साड़ी के पल्लुओं से सिर और हाथ ढक लिये। सभी कतारों में बैठ गयीं।

मरियम बी ने आकर देखा एक बर्तन में पानी उबल रहा था। पूरे घर में किसी मर्द का नाम निशान नहीं था। एक घंटे तक कोई आनेवाला भी नहीं था। लहद के तख़्ते के पास एक बड़ा पत्थर पड़ा था। वहाँ खड़ी होकर उसने कपड़े उतारने शुरू किए। पेटीकोट को छाती के ऊपर बाँध लिया और मजे से नहाने लगी। वहाँ क्या नहीं था? मुद्दतों से कभी नसीब न हुआ गर्म पानी था, रीठों की झाग थी। सिने-सितारों की सुन्दरता का राज़ साबुन था। अगर एक कमी थी तो यह कि उसके पास नहाने के बाद बदलने के लिए कपड़े नहीं थे। कोई चारा नहीं था। वही कपड़े पहनने पड़ते। उसकी अच्छी क़िस्मत, आदम साहब की दूसरी बीवी उधर आ गयी। "ए गुसल मौसी, आग लगे तेरे धैर्य को। कुछ तो शर्म कर! अगर कोई मर्द ऊपर से आ गया?"

"आपा आप रहने दीजिए। मेरी सर्विस में आज तक ऐसा नहीं हुआ। मर्दों को आने में अभी पौना घंटा लग जायेगा मेरी बात आप आज़मा कर देख लीजिए।"

"खैर, यह बात छोड़ो। नहाकर क्या पहनेगी?"

वह कुछ न बोली।

आदम साहब की बीवी ने अपने कमरे में से एक पुराना पेटीकोट और साड़ी लाकर दे दी।

''ज़ीनत, रेहाना के कपड़े गुसलख़ाने में पड़े हैं, ले जाना।'' यह शुभ समाचार देकर वह चली गयी।

मरिमय बी नहाकर, कपड़े धोकर हॉल कमरे में आयी तो वह चमक रही थी। फूल की तरह हलकी हो गयी थी। हॉल में नमाज़ ख़त्म हो गयी थी, दुआ चल रही थी। अगली कतार में हाल ही में हज़ की यात्रा करके आयी ताई माँ के साथ सभी औरतें दुआ की भंगिमा में हाथ ऊपर किए हुए थीं। हर कोई उसको ताईम कहकर बुलाता था। वह बड़े करुणामयी ढंग से प्रार्थना कर रही थी।

''हे अल्लाह! तू ही आदि तू ही अन्त, तू ही रहमान, तू ही रहीम! तू ही अन्तिम दिन का फैसला करनेवाला। हमारे अमलनामे हमारे बाएँ हाथ में देने की कृपा करना (पुण्यवन्तों को बाएँ हाथ में और पापियों को दाएँ हाथ में मिलने का विश्वास है) आखरित के दिन का इम्तहान हमारे लिए आसान कर देना।'' प्रत्येक वाक्य के बाद ताईम साँस लेती। सभी औरतें एक आवाज़ में 'आमीन' कहतीं। प्रार्थना चलती रही।

''हे रक्षक! इस घर की तीन अति मूल्यवान आत्माएँ तुम्हारे पास हाज़िर हो रही हैं। इस संसार के सभी मोह के बन्धनों से मुक्त होकर तुम्हारे पवित्र संसार में प्रवेश कर रही हैं। या अल्लाह! कब्र के गहरे अन्धकार में उन्हें रोशनी देना। आज जो परलोक सिधार रही हैं, उनमें दो गृहस्वामिनियाँ हैं। एक बच्चा भी है। हे ईश्वर! उनकी भूल-चूक माफ़ कर देना। जाने-अनजाने में किए पाप बख्श देना। तू करुणामयी! अनेक माताओं की ममता तुम में हैं। हम मनुष्य मात्र इस संसार के मोह-माया में फँसे हुए हैं। हमारे गुनाह माफ़ कर देना।'' सभी एक आवाज में बोलीं 'आमीन' और उनकी प्रार्थना चलती रही।

मरियम बी ने खड़ी होकर सोचा कि वह भी दुआ में शामिल हो जाए। लेकिन उसके पास इतना समय कहाँ था। चाहे उसने पूरा काम विधिवत ढंग से निपटा लिया था लेकिन घर में भूखी बैठी बेटी का विचार और ढेर सारी चिन्ताओं ने फुरसत का ख़्याल उसके दिमाग से निकाल दिया। उसका काम उसे बुला रहा था। अभी कितना कुछ करनेवाला था।

वह तेज़ कदमों से गुलसख़ाने की ओर गयी। अपनी आँखों पर उसे यकीन नहीं आ रहा था। सफ़ेद जरी के बार्डरवाली हरे रंग की साड़ी थी। दूसरी लाल बार्डरवाली पीले रंग की रेशमी साड़ी। उन पर इधर-उधर खून के धब्बे लगे हुए थे। खून के उन विकृत धब्बों या उनमें से आ रही दुर्गन्ध किसी ने उसे निराश

न किया। पूरी ज़िन्दगी में कभी न देखी इतनी अद्‌भुत सौगातें उसके हाथ में आ जाएँगी, उसने कभी सोचा भी नहीं था। उन्हें उठाकर उसने धीरे से छूकर देखा। आश्चर्य! इन साड़ियों के नीचे असगँ की फ्राक और चूड़ीदार भी थे, नये फैशन के सिले हुए। उसने उठाकर दोनों हाथों में पकड़कर देखे। फ्राक को पीठ में कमर तक काटा हुआ था। कोई परवाह नहीं, आजकल ऐसी ढीली ही पहनी जाती हैं। उसे नीचे तक काटकर एक सीधी सिलाई मार दी जाए तो एकदम नयी ड्रेस। उसका तन-मन कृतज्ञता से भर गये। हसीना की बड़ी इच्छा थी फ्राक और चूड़ीदार पहनने की पर यह इच्छा ही बनी रही। उसकी शादी में भी वह पूरी न कर सकी। शादी के बाद उसके पति ने भी उसे यह न पहनाए। सफ़ेद ड्रेस पर लगे खून के धब्बों ने भी उसके उत्साह को कम न ही किया। उन्हें एक पल छाती से लगाकर खड़ी रही। फिर सारे कपड़ों को इकट्ठा करके एक गठरी में बाँध लिया।

बड़ी ख़ुशी-ख़ुशी वह गुलसख़ाने से निकली तो मर्द वापस आ चुके थे। कई औरतें अपने घर जाने के लिए बुरके पहन रही थीं। दूर से आई रिश्तेदार औरतें कमरों में जाकर लेट गयी थीं।

मरियम बी पीछे की ओर गयी तो जमीला शामियाना उतारने में लगा हुआ था। उसे देखकर पास आकर जेब से तीन सौ रुपये निकालकर उसके हाथ में थमाते हुए उसने धीरे से पूछा—''चावल और गेहूँ लिए गुलसिन मौसी?''

''नहीं, जमील भाई।''

''इधर आओ।''

मरियम बी की झोली भर गयी। चावल, गेहूँ, नमक—उसकी इच्छा पूरी हो गयी। चित्त सन्तुष्ट हो गया। उठाया न जा सकनेवाला बोझ उठाकर उसने झोपड़ी के पास आकर साँस ली और आवाज़ लगाई—''हसीना, मेरी बच्ची कहाँ हो?''

हसीना सिर दर्द और भूख की आग से झुलसती टाँगें पेट से लगाकर पड़ी थी। उसने टाँगें सीधी कीं। ज़ीनत, रेहाना और असमाँ को उठकार आयी मरियम बी ने बड़ी आसानी से उसे उठाकर बिठाया। साथ लाये दाल-चावल मिलाकर उसके मुँह में डाले। हसीना के हलक में उतरने पर एक घूँट पानी उसे पिलाया और फिर नेवाले उसके मुँह में डालती चली गयी।

मुत्तुचेरा

—बोलवर महम्मद कुन्ही

लगातार बरसते पानी की परवाह न करते हुए लम्बे डग भरते हुए बीरन कोया चलता गया। चार कदमों के बाद ही उसकी लकड़ी जैसी बूढ़ी देह बारिश में और हवा के कारण कम्पन शुरू होने लगा। दोनों हाथों से कसकर पकड़े छाते को गर्दन के गिर्द लटकाकर उसने हाथ पर बँधी घड़ी की ओर देखा। वाटर प्रूफ सीको पाँच बजानेवाली थी। उसने तेज़ी से चलना शुरू कर दिया। मुत्तुचेरा की जामा मस्जिद से, कच्चे रास्ते से होते हुए वह 'बीच रोड' की पक्की सड़क पर आ गया। बारिश थोड़ी कम होने लगी थी।

'बीच रोड' के बायीं ओर सीमेंट से बने बँगले थे। रंग-बिरंगी कारों को खड़ा करने के लिए लोहे के गेटोंवाले गैराज थे। बीच रोड के दायीं ओर रेतीली ढलान पर नारियल के पत्तों से बनी झोपड़ियों की लम्बी टेढ़ी-मेढ़ी कतार थी। झोपड़ियों के सामने एक ओर लड़कों ने गोलियाँ खेलने के लिए छोटे-छोटे गोल खड्डे बनाए हुए थे। झोपड़ियों के पीछे बनी ऊँची पत्थरों की दीवार के साथ समुद्र की लहरें टकरातीं और फुहार बनकर दीवार के सिर पर पहुँचती सड़क से दिखाई देती थीं। अमीरी और गरीबी को अलग करती लम्बी काली सड़क इन दोनों के मध्य चलायमान थी।

मस्ज़िद के पास से शुरू होती झोपड़ियों को अगर गिनना शुरू करें तो रुखिया बी का घर सत्रहवाँ था। बन्दगाह के व्यापारी हसन साहब के घर काम करती रुखिया बी सवेरे जाती तो घर आती सूर्य अस्त होने के बाद। कुछ सालों में ही जवान हो गयी उनीसा अब घर से बाहर नहीं निकलती थी। चाय की पेटियों के पतले तख़्तों को जोड़कर बनाया गया सामने का दरवाज़ा हमेशा बन्द रहता था।

सड़क के बीच एक पल खड़े होकर उसने छाते को गर्दन की जकड़ में रखते हुए दोनों हाथों से धोती को खोलकर कस कर बाँधा। रात की नमाज़ से पहले जो भी हो, फैसले हो जाना चाहिए। शेख़ मशरुक मुस्तफ़ा अरबी रात के दस

बजे तक उलेमिया लॉज में इन्तज़ार करेंगे

रुखिया बी के घर के नजदीक पहुँच कर उसकी चाल धीमी हो गयी। चिन्ताओं की मार से उसका शरीर दबा पड़ा था। पिछले सप्ताह से कोया रुखिया बी के घर अब पाँचवीं बार जा रहा था। उसने कितनी बातें कीं, पर उसे फुसला न सका। कितनी कोशिश की पर रुखिया बी किसी तरह भी मानने के लिए तैयार नहीं थी। परन्तु कोया ने भी आस नहीं छोड़ी थी। अगर रुखिया बी न मानी तो ज्यादा नहीं दो हज़ार का नुकसान तो हो ही जाएगा।

इस सीज़न में आए नौ जहाज़ों में सबसे बड़ा जहाज़ था इस शेख़ मशरुक मुस्तफ़ा का। अधेड़ आयु का लम्बा-ऊँचा अरब निवासी। जैसे ही उसने ज़मीन पर पाँव रखा बीरन कोया ने उससे जान-पहचान कर ली। बीरन कोया के व्यवसाय की पूँजी थी अरबी भाषा। इसको वह एक ट्रम्प कार्ड की तरह इस्तेमाल करता था। लड़की को देनेवाली मेहर का फैसला करनेवाला भी वही था। लड़की के घरवालों को अरबी भाषा नहीं आती थी और लड़कीवालों की बोली अरबी शेख़ नहीं समझते थे। कोया के बड़े सारे परिवार का पालन इसी बात पर निर्भर था।

अगर कोई शेख़ मान जाता तो कोया लड़कीवालों को हज़ार के करीब रुपया दे देता और वह अपनी क़िस्मत अच्छी समझते। कोया के खानदान का यही धन्धा था। कोया की बात मान ली जाए तो यह उसका तेरहवाँ सीजन था, पर असल बात तो यह थी कि यह उसका पाँचवाँ या छठा सीजन था। सात-आठ साल तक वह अपने चाचा मईयुद्दीन के साथ उसका असिस्टेंट बनकर काम करता रहा था।

तीन महीनों के सीज़न के लिए सारा साल तैयारी करनी पड़ती थी। गिद्ध की नज़रों से घर-घर झाँक कर देखना पड़ता था। इस बार इतनी भाग दौड़ के बाद केवल दो लड़कियाँ नज़र आयीं थीं। एक बीच रोड की रुखिया बी की बेटी अनीसा और दूसरी बाज़ारवाली गली की सरिमा। सरिमा की पहले भी शादी हुई थी। उसका एक बच्चा भी था। कोये की क़िस्मत अच्छी थी कि उसके मर्द ने उसे तालाक़ दे दिया था। कोया की उम्मीद के अनुसार मुस्तफ़ा शेख़ माना था अनीसा के लिए। ''मेहर चाहे एक-दो हज़ार ज़्यादा भी हो जाए परन्तु लड़की छोटी होनी चाहिए'' कहकर शेख़ हँस पड़ा था।

सरिमा के लिए दूसरा शेख़ ढूँढ़ने में कठिनाई नहीं हुई थी। कोया के थोड़े से इशारे पर ही वह आँखें बन्द करके चल पड़नेवाली थी। परन्तु उसके सौदे में से उसे पाँच-छह सौ रुपया भी मिल जाए तो बहुत था क्योंकि अगर उसने सरिमा के साथ थोड़ी-सी हेरा-फेरी की तो वह उसे नंगा करने से बाज आनेवाली नहीं थी।

इन्हीं विचारों में पड़ा कोया रेत में पाँव घसीटता रुखिया बी के दरवाजे के आगे आकर खड़ा हो गया, फिर उसने चारों ओर नज़र दौड़ाई। टपकती छतरी को झोपड़ी के खम्भे से लटका कर उसने अपनी धोती के किनारे से मुँह पोंछा। समुद्र की गर्जना ना भी होती तो उसकी छाती की धक-धक की आवाज से झोपड़ी का दरवाज़ा खुल जाता।

उसने अल्लाह को याद किया और अपने धर्मकार्य में सहाई होने के लिए बड़े दीन भाव से प्रार्थना की। बड़ी उम्मीद के साथ उसने दरवाज़ा खटखटाया। दरवाज़ा खोला अनीसा ने। सुन्दर जवान लड़की ने दरवाज़े के पीछे खड़े होकर आँखें फैलाकर देखा। कोया के दिल की धड़कन ही बन्द हो गयी। ख़ुश्क हो गयी जीभ को गीला करके बड़े यत्न से उसने पूछा, ''रुखिया नहीं आई?''

''नहीं'' लड़की ने सिर हिलाकर कहा और कोया के चेहरे की ओर घूरकर देखा कोया घबरा गया और बोला, ''अच्छा मैं फिर आऊँगा।'' बिना पीछे देखे छतरी उठाकर वह चल पड़ा। वह इस तरह तेज़ी से चल रहा था जैसे जान बचा कर जाया हो। आधे रास्ते पहुँचकर उसने साँस ली और रुखिया बी की झोपड़ी की ओर घूमकर देखा। पहले की तरह दरवाज़ा बन्द था। बूँदा-बाँदी रुकने का नाम नहीं ले रही थी। कोया को चैन नहीं था। उससे खड़ा नहीं हुआ जा रहा था। वह धीरे-धीरे कदम उठाता हसन साहब के घर की ओर चल पड़ा।

सीज़न के शुरू होते ही बीच रोड पर कारों की आवाजाही बहुत बढ़ जाती। किनारे पर लंगर डालकर अरबी जहाज़ जब पानी पर नाचना शुरू करते तो सारे मुत्तुचेरा में रौनक लग जाती। मीनारों की तरह ऊँचे-लम्बे अरबी सौदागर सड़क से गुज़रते तो इत्र की महक चारों ओर फैल जातीं। बाज़ार के बीचवाली बिल्डिगों के होटलों के कमरे फुल हो जाते। मस्ज़िद के सामने फकीरों की लाइनें लम्बी हो जातीं। बन्दरगाह के साहूकार भी इन दिनों चौकन्ने हो जाते। वे अरबी ग्राहकों की ज़रूरतों और माँगों का बड़ा ध्यान रखते। तक़रीबन तीन महीने यहाँ ठिकाना करनेवाले अरबी शेख़ अगर ख़ुश हो जाते तो इन व्यापारियों की चाँदी हो जाती। ख़ुशी की रौ में इनको दुगुनी कीमत देकर लड़की खरीदकर ले जाते। इन शेख़ों के आराम और ख़ुशी की ज़िम्मेदारी लेनेवाला बीरन कोया बन्दरगाह के व्यापारियों के लिए बड़े काम का आदमी था।

बीच रोड के बायीं ओर रंग-बिरंगी बत्तियाँ जगमगाने लगी थीं। दायी ओर की झोपड़ी की झिरियों में से लालटेनों और दीयों की रोशनी टिमटिमा रही थी। रुखिया बी को कहनेवाली बातें मन में दुहराता चलता जा रहा था बीरन कोया। साड़ी के पल्लू से सिर ढके बारिश में कौए की तरह भीगी चली आ रही रुखिया बी को देखकर कोया के दिल की धड़कन सौ से ऊपर हो गयी। सड़क पर खड़े होकर उसका

इन्तज़ार करते एक पल के लिए तो बड़ी दया आयी। उसे रुखिया बी बड़ी बेचारी-सी लगी। परन्तु झट से सँभलकर उसने दिल पर पत्थर धर लिया। व्यवसाय में दया और हमदर्दी के लिए कोई जगह नहीं होती। तरस खाकर बैठ जाओ तो पेट कैसे भरेगा?

उसकी छठी बेटी हलीमा को जवान हुए दो साल हो गये उसकी शादी वह अभी तक नहीं कर सका था। उसके कन्धों तक पहुँचती सबसे छोटी लाडली बेटी की शादी किसी अरबी से करने के लिए उसका मन नहीं मानता था। मस्ज़िद के पास साइकिलों की दुकान चला रहे उस्मान पर वह पिछले साल से उम्मीद लगाए बैठा था। इधर-उधर की बातें करते उसने हलीमा की बात छेड़ी। उसने आगे टके-सा जवाब दे दिया—"देखो कोया, मेरे लिए अप्पा कोई जायदाद तो छोड़ नहीं गया। आप देखते ही हैं, मेरे पास ले-देकर चार साइकिल ही तो हैं। उन्हें किराये पर देकर क्या घर चलाया जा सकता है? बीच-बीच में साइकिल पंक्चर भी होते रहते हैं। कम से कम दो-तीन साइकिल और हों तो फिर शादी के बारे में सोच सकता हूँ। सोने-वोने की मैं बात नहीं करता, जितना आप मर्जी हो दे दो। आठ-दस तोले ही काफ़ी है। कैश अगर पाँच हज़ार से एक पैसा भी कम हो तो शादी की बात ही न छेड़ो।"

कोया को उसकी बात ठीक ही लगी थी। आजकल कौन-सा लड़का है, जो पाँच हज़ार से कम में निकाह के लिए मानेगा। यह रुखिया बी एक बार हाँ कर दे, बस, तीन हज़ार तो किसी तरह बन ही जाएँगे। उस्मान के साथ बात चलाने के लिए इतने तो होने चाहिए। घर में इतनी मुश्किलें हों तो किसी और पर तरस खाते फिरना कहाँ की अक्लमन्दी है? मैं कौन-सा कोई बुरा काम करने जा रहा हूँ? बीरन कोया ने अपने काम का समर्थन करते हुए सोचा। चालीस की भी अभी नहीं हुई थी, पर पचास की दिखती रुखिया बी रास्ते में खड़े बीरन कोया को देखकर चौंक गयी। वह क्यों खड़ा था, वह जानती थी।

"बहुत देर हो गयी रुखिया? बड़ा काम करना पड़ता है तुझे? तुम्हारा दुख देखकर तो मन उचाट हो जाता है। अल्लाह की मर्जी है। उसने क़िस्मत में यही लिखा है।"

बिना मुँह खोले चलती जा रही रुखिया के साथ-साथ चलने लगा। माँ के पीछे-पीछे आ रहे कोया को घर के पास आया देखा तो उसकी ओर घृणा भरी नज़रों से देखती अनीसा बोली, "अम्मा, मैं मरियम के घर जा रही हूँ। वह कल नयी साड़ियाँ लेकर आयी है। देखकर आती हूँ।" कहकर वह जल्दी से बाहर निकल गयी। बाहर दरवाज़े के पास गीली छतरी रखकर कोया वहाँ पड़ी चौकी पर बैठ गया। "कितनी लम्बी हो गयी है।" कहकर वह अर्थपूर्ण ढंग से हँसा।

घर के पीछे गरजते समुद्र की गर्जना झोपड़ी के अन्दर भी गूँज रही थी। अन्दर के दरवाज़े के साथ लगकर पेड़ के ठूँठ की तरह खड़ी रुखिया बी का ध्यान कोया की किसी बात की ओर नहीं था। वह जो कहना चाहता था, वह सब जानती थी।

रुखिया बी के लिए कोया कोई नया या अनजान आदमी नहीं था। उसके चाचा मईयुद्दीन कोया ने उसका ब्याह एक अरबी के साथ करवाया था। तब रुखिया का घर बाज़ार के साथवाली गली में था। सामने के घरवाली अमीना का भी उसी दिन निकाह हुआ था। पता नहीं क्या हुआ, उस दिन रात को वह कुएँ में कूद गयी। सारे गाँव में शोर मच गया। पुलिस आ गयी। परन्तु रुखिया हफ्ता भर कमरे से बाहर न निकली। होटल के बड़े सारे कमरे में वे दोनों ही थे। चाय, नाश्ता, खाना सब कमरे में ही आ जाता। देखा जाए तो वह अरबी बहुत अच्छा था। उठकर सीधा खड़ा होता तो छत्त में लगे पंखे के साथ उसका सिर लगता। इतना लम्बा-ऊँचा था वह। तीन महीने तीन दिनों की तरह बीत गये। रुखिया बी उसको याद करके अभी भी आँसू बहाती है। वह दूसरे अरबी आदमियों की तरह होता तो तालाक़ देकर जाता। 'फिर आऊँगा' कहकर जाने की क्या ज़रूरत थी? वहाँ जाकर उसे पता नहीं क्या हुआ?

लगातार बोलते जा रहे कोया को जब रुखिया बी की ओर से कोई जवाब नहीं मिला तो वह हताश हो गया। आज रात की नमाज़ से पहले इसे मनाना ही पड़ेगा। वह अरबी और इन्तजार नहीं करनेवाला उससे एडवांस लिए दो सौ रुपये खर्च भी हो गये थे। उसी बात को बार-बार दुहराते उसने आखिर दो टूक बात करते हुए गुस्से में कहा, ''बता तुम्हारी क्या मर्ज़ी है? क्या चाहती हो?''

रुखिया बी पत्थर बनी खड़ी थी। उसे जवाब देने का भी होश नहीं था। ''रुखिया आसानी से माननेवाली औरत नहीं'', एक बार उसके चाचा ने बताया था। रुखिया बी बड़े सच्चे दिलवाली सुहृदय औरत है। इसलिए मैंने बढ़िया अरबी देखकर उसका निकाह करवाया था। मुझे भी बताए बिना वह चला गया। इज़्ज़त से चार लोगों के सामने तालाक़ देकर चला जाता तो मुसीबत ख़त्म हो जाती। 'अगले सीज़न जरूर आऊँगा', सौगन्ध खाकर चला गया। अगला सीज़न क्या चार साल निकल गये। उसका पता ठिकाना भी नहीं मालूम था। यह औरत अपने बच्चे को लेकर इन्तज़ार करती रही, इस साल आता है, अगले साल आएगा, समुद्र की ओर देखती बैठी रहती। मेरी एक भी बात मानने के लिए तैयार नहीं थी। चार साल बाद एक और बढ़िया पार्टी आई। वह इसे बच्चे के साथ ले जाने को भी तैयार था, पर यह माने ही न। बहुत लालच दिया तुम्हारे आगे सारी तिजोरी लाकर रख देता हूँ। पर इसकी लड़की ने सिर उठाकर देखा भी ना। मैंने अपनी सारी सर्विस में ऐसी लड़की नहीं देखी।

चाचा की वही बातें याद करके कोया थोड़ा-सा काँप गया। चाचा के समय अरबी के साथ ब्याह, नमाज़ पढ़ने जैसी साधारण बात थी। निकाह मस्ज़िद में हो चाहे कहीं और। आजकल तो चार बन्दों की गवाही चाहिए। ये सभी नियम उस समय नहीं थे। कहीं भी निकाह हो जाता था। निकाह पढ़ने में कितना समय लगता है, हाथी- घोड़ों को तो लाना नहीं! आदमी चाहे तो एक घन्टे में आठ निकाह पढ़ सकता है। अब किसी तरह भी रुखिया को मनाना ही पड़ेगा।

"देख रुखिया, इस मुस्तफ़ा अरबी को मैं अच्छी तरह जानता हूँ।" बीरन कोया ने फिर से बात शुरू की। "अगर कोई ऐसा-वैसा अरबी होता तो मैं तुम्हारे घर कदम न रखता। तुम इतना तो जानती हो, इस जगह लड़कियों की कोई कमी नहीं। मेरे बात करने की देर है, लोग चले आते हैं। मेहर का सारा पैसा भी चाहे मैं रख लूँ, चूँ नहीं करते। अरबी के साथ ब्याह होना कोई आसान बात है! पाँवों में सोने की पाजेबें डालते हैं। यह सभी अपने कर्मों का खेल है, नहीं तो आज तुम्हारी यह दशा नहीं होती। एक बात याद रखना कि तुम्हें इस जन्म में बेटी के लिए इससे बढ़िया रिश्ता नहीं मिल सकता।"

रुखिया बी पत्थर बनी खड़ी रही। उसकी गालों में आँसू बहते हुए उसकी कुहनियों पर गिरकर चूर हो रहे थे।

कोया ने फिर फुसलाना शुरू किया—"मैंने मुस्तफ़ा अरबी को साफ-साफ कह दिया है कि हमारी अनीसा सोने जैसी लड़की है। बड़े प्यार से पाली हुई है। माँ ने कभी उसकी आँखों में आँसू नहीं आने दिए। दुख तकलीफ़ तो उसे मालूम ही नहीं। छह महीनों का वादा किया है। उस दौरान वीज़ा बनाकर अगर उसे ले जा सकते हो, तो यह बात पूरी हो सकती है। मैंने साफ-साफ बात कर दी। तुम तो जानती हो, मैं दो टूक बात करता हूँ, घुमा-फिरा कर बात करने की आदत नहीं मुझे। तुम्हारी बेटी एक बार समुद्र पार कर जाए फिर कोई चिन्ता नहीं। तुम्हारे घर की छत पर सोने की पत्ती चढ़ जाएगी।"

मुँह जबानी पाठ याद करते बच्चे की तरह ज़ोर-ज़ोर से बोलते कोया को लगने लगा कि उसे जितनी बातें आती थीं, वह सभी कर चुका था। उसे थोड़ा डर भी लगने लगा। अगर रुखिया बी न मानी तो उसकी बेटी हलीमा घर में ही बैठी रहेगी। इस विचार से हताश हुए कोया की आवाज थोड़ी और ऊँची हो गयी। जब उसे यकीन हो गया कि रुखिया किसी तरह भी नहीं मान रहीं तो उसने डराना-धमकाना शुरू कर दिया—"मेरी बात मानने में ही तुम्हारी भलाई है, नहीं तो मैं चुप नहीं रहनेवाला। ऐसा चक्कर चलाऊँगा कि इस जन्म में तुम्हारी बेटी को कोई रिश्ता नहीं मिलेगा। तुम खुद ही बताओ जिस लड़की के बाप का पता न हो, उससे शादी करने के लिए कौन-सा लड़का आगे आएगा? तुम खुद को समझती क्या हो? तुम्हारे महल में क्या

सोने की ईंट लगी हैं? मुझे ग़ुस्सा आ जाए तो मैं शैतान से भी बुरा हूँ।''

समुद्र की लहरें इस तरह गरज़ीं जैसे झोपड़ी को जड़ से उखाड़ देंगी। साँप की जाति के इस बूढ़े से बचना सम्भव नहीं था, रुखिया को लगने लगा। उनीसा को जवान हुए दो साल हो गये थे। उसकी शादी के बारे में सोचने का हौसला भी नहीं था उसमें। मुत्तुचेरा का कोई भी लड़का, बाप कौन है, मालूम न होने पर इस लड़की से शादी नहीं करने लगा। पैसे का लालच हो तो कोई शायद आगे आ जाए। पर मेरे पास क्या था? किसी बूढ़े आदमी की दूसरी या चौथी बीवी बनना ही इसकी क़िस्मत में लिखा है। इससे तो अरबी के साथ निकाह करके क़िस्मत आज़मा कर देख ली जाए। अगर वह साथ ले जाए तो अच्छा है। तालाक़ देकर चला जाए तो भी बुरा नहीं है। ब्याह के बिना लड़की को घर में बिठाना कठिन है। दिन-रात मैं कैसे उसकी रखवाली कर सकती हूँ। शादी के बाद अगर घर में भी बैठ जाए तो लोगों की बातें तो नहीं सुननी पड़ेंगी। मान जाऊँ? बाँध टूट जाने की तरह ज़ोर-ज़ोर से रोते हुए वह हारकर निढाल होकर बैठ गयी। लगा जैसे समुद्र के किनारे बनी दीवार टूट गयी हो और सभी कुछ उसमें डूब गया हो।

बीरन कोया को ख़ुशी और घबराहट दोनों एक साथ ही महसूस होने लगे। उसने अनुभव से यह बात सीख ली थी कि जब आदमी कमज़ोर हो तो चोट करना आसान होता है।

''रोने की अब क्या बात है? मैं ज़बरदस्ती तो नहीं कर रहा। अगर तुम्हारी मर्जी हो तो हाँ कर, नहीं तो मैं अपने रास्ते जाता हूँ। ज़ोर-ज़बरदस्ती कौन हरामी कर रहा है? यह सब कुछ मैं अपने फायदे के लिए कर रहा हूँ? अकेली औरत का इतना हठ करना अल्लाह को भी पसन्द नहीं।''

''बड़ी मस्ज़िद के इमाम साहब इस ब्याह में आएँगे?'' रुखिया बी ने प्रश्न किया।

बीरेन कोया चौकन्ना हो गया। जैसे डूबते को बचने की उम्मीद लग गयी हो, बड़े प्यार से बोला, ''तुम भी क्या बात कर रही हो रुखिया बी? मुझे क्या तुम्हारे साथ दुश्मनी है? मुझे यहाँ भेजा किसने है? तुम्हारा सारा हाल वे जानते हैं। वे ही निकाह पढ़ेंगे। अब ख़ुश हो रुखिया बी?''

रुखिया बी को और कोई बात न सूझी। उसे लगा वह पूरी डूब गयी थी। घुटनों में सिर देकर रोने लगी।

झट उठकर चलने के लिए तैयार होकर कोया बोला, ''कल-परसों थोड़े पैसे लाकर दे दूँगा। इस सप्ताह के अन्दर सारा काम हो जाना चाहिए। मुझे और भी सैकड़ों काम हैं।''

"हरामी न हों तो!" मुत्तुचेरा यूथ लीग के बारे में जब भी कोया बात करता इस गाली से शुरू करता। इनकी मौत पास आ गयी है, बस और कोई बात नहीं। गरीब लड़कियों के घर बसाने का मैं काम कर रहा हूँ और ये हारामी बीच में टाँग अड़ाते हैं। मैं भी देखता हूँ क्या कर लेंगे। नरक में उबलता तेल इन जैसों के लिए नहीं तो किसके लिए है? जब भी समय मिलता यूथ लीग के बारे में ज़हर उगलता रहता बीरान कोया। उसके धन्धे में बहुत अड़चनें डाल रहे थे ये लड़के।

मुत्तुचेरा लीग का अपना ही इतिहास था। उसके चाचा के समय इस युवक संगठन ने सिर उठाया था। किसी एक हरामी लड़के ने दस-बाहर लड़कों को इकट्ठा करके यह संस्था बना ली। अँग्रेजी के चार अक्षर पढ़े इन लड़कों की अकड़ देखो। क्या समझते थे अपने आपको। शुरू के दो साल तो इनके हंगामे को रोकनेवाला कोई नहीं था। एक भी अरबी ब्याह नहीं होने दिया था इन्होंने। सीज़न शुरू होते ही बस डंडे पकड़कर गलियों में घूमते। घरों के अन्दर घुसकर पूछते, "कोई अरबी है?" कोया के लिए सबसे बड़े दुख की बात तो यह थी कि बड़ी जमात का इमाम भी इन हरामियों के सामने पूँछ हिलाता था। अरबियों के ब्याह के मौके न होने के कारण लड़की के व्यापारी बहुत तंग थे। अरबी शेख़ अगर नाराज़ हो गये तो उनकी कमाई कहाँ से होगी? गोदामों में लकड़ी के ढेर लग गये। कितनी मुश्किल हुई बता नहीं सकता। किसी छोटा-सी समाचार पत्रिका ने यूथ लीग की ख़बर बहुत बढ़ा-चढ़ा कर छाप दी। उन दिनों इन हरामियों की चढ़ी हुई थी।

अगले चार सालों में जैसे यह ख़त्म ही हो गयी। पिछले एक-दो सालों से फिर सिर उठाना शुरू कर दिया। कोया की छाती में कँपकँपी शुरू हो गयी। ये लड़के पहले की तरह डंडे उठाकर भाग पड़े तो कोया का धन्धा खुल्लमखुल्ला नहीं चल सकेगा। सबकुछ भीतर ही भीतर चुपचाप ही करना पड़ेगा। दक्षिणी जमात का काज़ी अभी तो कोया के काम का हिमायती था और उसके साथ सहमत था। इस बात की कोया को तसल्ली थी। कहीं निकाह होनेवाला हो, उन्हें आने के लिए कहो तो वे भागे आते और निकाह पढ़कर चले जाते। अगर पचास-साठ रुपये ज़्यादा भी माँगे तो दे दूँगा। इससे समस्या तो ख़त्म हो जाएगी। मेहर के पैसे कितने मिले, ये सब भी पूछने-बताने के लिए टाँग नहीं अड़ाते, परन्तु अगर काज़ी साहिब उनसे डर गये तो, तोबा! यह सब सोचकर कोया को डर लगने लगा। इस बार भी वे डर गये लगते हैं।

रुखिया बी के घर कोया आता जाता है, यह ख़बर मिलते ही कार्यकर्ता कादिर ने अगले दिन शाम को तुरन्त सभा बुलाई। सर्वसम्मति से फैसला हुआ

कि किसी तरह ब्याह रोका जाए। ''अगर पुलिस को शिकायत कर दी जाए?'' एक नये मैम्बर ने बड़े उत्साह से कहा तो प्रधान कासिम ने जवाब दिया, ''उससे एक नये पैसे जितना भी फायदा नहीं होगा। पुलिस क्या करेगी? कहेंगे धर्म-सम्मति से ब्याह हो रहा है। दोनों पक्ष यह स्टेटमेंट दे दें तो बात ख़त्म हो गयी। वर्तमान कानून की दृष्टि से इसका कोई हल नहीं है।'' घंटा भर चर्चा करने के बाद कासिम ने फैसला सुनाया, ''हमारे पास अब एक ही रास्ता है। सब मिलकर रुखिया बी को मिलें। जरूरत पड़े तो भूख हड़ताल करें। सभा बरखास्त होने के बाद बड़े पेटवाला आदमी बहुत दुखी होकर बोला, ''एक और रास्ता है। अगर रुखिया बी न मानी तो कोया की टाँगें तोड़ दी जाएँ। मैं भूखा नहीं रह सकता। मैं तो रमज़ान के दिनों में भी रोज़े नहीं रखता।''

कासिम हँसता हुआ बोला, ''रमज़ान के महीने के रोज़े से भी अधिक पुण्य इस व्रत से होगा।''

बीरान कोया सवेरे ही आकर सौ-सौ के पाँच नोट देकर बोला, ''अभी इतने ही रख, जल्दी से एक साड़ी-ब्लाउज, पेटीकोट बनवा लो। एक ही बार में देने से सारा पैसा खर्च हो जाता है। अभी इतना ही लाया हूँ। मेरे होते हुए तुझे डरने की कोई जरूरत नहीं है। तेरी बेटी कोई परायी थोड़े ही है। बस सारा काम एक बार ठीक तरह पूरा हो जाए।''

रुखिया बी सोचने-समझने की शक्ति ही जैसे ख़त्म हो गयी थी। कोया के दिए नोट वहीं दीवार में बने आले में रखकर हसन साहब के घर चली गयी। दिन भर वहाँ काम करना पड़ता था। पीठ सीधी करने की फुर्सत भी नहीं मिलती थी। किसी से फालतू बात किए बिना वह शाम को घर की ओर चल पड़ती थी। आज अगर बाज़ार जाकर साड़ी ले आए? पलभर के लिए यह विचार मन में उठते ही ख़त्म हो गया। उसका कुछ भी करने को मन नहीं कर रहा था। वह बेदिली से घर की ओर चल पड़ी।

घर के सामने रेत के ढेर पर इकट्ठे लड़कों को दूर से ही देख कर रुखिया बी थोड़ी-सी काँप गयी। ये कौन थे? उसके दिल की धड़कन तेज़ हो गयी। आस-पास की झोपड़ियों वाले आँगन में खड़े होकर दरवाज़ों की झिरियों में से देखते बेसब्री से रुखिया बी का इन्तजार कर रहे थे। काँपते हुए कदमों से वह घर के करीब पहुँची तो उसे देखकर लड़के धीरे-से उठकर खड़े हो गये। सभी लड़के उसकी ओर देख रहे थे। उसने घबराकर सिर झुका लिया। वह आगे जाने लगी तो एक लड़का आगे बढ़ा, ''आपसे ज़रा बात करनी है।'' कहकर उसे रोक लिया। पत्थर बनकर खड़ी रुखिया उनको टकटकी लगाकर देख रही थी। सभी लड़के आकर उसके इर्द-गिर्द खड़े हो गये। स्वागत भाषण देने की तरह लीग के प्रधान

कासिम ने बोलना शुरू किया, ''रुखिया बी, आपको हमारी यूथ लीग के बारे में तो मालूम होगा। आप जैसी गरीब औरतों की मदद करने के उद्देश्य से हम इसमें काम करते हैं। मेरा नाम कासिम है। हम सभी इसी जगह के रहनेवाले हैं। हमारी भी बहनें हैं, आप जैसी माताएँ हैं। परन्तु हमारा समाज...'' इतनी देर में आदम बीच में ही बोल पड़ा, ''वह बूढ़ा कोया आपके घर कब आया था?''

''तू चुप रह आदम।'' उसे एक ओर धकेलकर कार्यकर्ता कादिर रुखिया बी की ओर मुड़कर बड़ी विनम्रता से बोला, ''देख अम्मा, इन अरबियों के साथ शादी करके किसी एक लड़की का भी भला नहीं हुआ। दो-तीन महीने फल खाकर गुठली की तरह फेंककर चले जाते हैं। चार दिन के लिए खर्च भी चाहे दे जाते हों, परन्तु उसके बाद तुम्हारी बेटी क्या करेगी? ज़रा सोचो! आपको तकलीफ़ तो है, परन्तु हम आपकी बेटी की भलाई के लिए कह रहे हैं।''

''वह दलाल आज आया था?'' आदम ने ऊँची आवाज में पूछा। उनमें में एक और ने उसे पीछे धकेला। ''उस दलाल की टाँगें न तोड़ दीं तो मैं भी अपने बाप का बेटा नहीं।'' आदम पीछे होकर रेत पर बैठ गया और बुड़बुड़ाता रहा।

यूथ लीग के सभी लड़के कभी अलग-अलग और कभी इकट्ठे बोलते रहे। रुखिया बी बिना किसी की बात का जवाब दिए सबकी बात सुनती रही। अगर वह कोई बात करती भी तो लड़कों ने सुननी नहीं थी। सभी की एक ही राय थी, 'इस अरबी के साथ बेटी के ब्याह की बात न माने। बीरान कोया भरोसे लायक आदमी नहीं था।'

सभी बातें ख़त्म हो जाने पर रुखिया बी ने फैसला सुनाने की तरह पूछा, ''तुम सबके कहे अनुसार कल कोया आए तो क्या इस रिश्ते से इनकार कर दूँ?''

''बिलकुल, हाँ-हाँ।'' सभी इकट्ठे बोल पड़े।

''आज सवेरे वह पैसे देकर गया है। उनका क्या करूँ?''

''वापस दे दो।'' झट कासिम बोल पड़ा।

''ठीक है बच्चों! तुम्हारे कहने के अनुसार ही करूँगी, उसके बाद?''

''उसके बाद क्या?'' आदम फिर सबसे आगे होकर खड़ा हो गया।

''मैं बैटी की शादी न करूँ?''

''कौन इससे रोकता है? ज़रूर करो। हम देखेंगे कौन रुकावट डालता है।'' आदम ने बाजुओं पर हाथ फेरते हुए चारों ओर नज़र दौड़ाई।

प्रधान कासिम भी हौसला देता बोला, ''आप इस बात की फिक्र मत करो। हम अपनी लीग की ओर से शादी का इन्तजाम करेंगे। पैसे की ज़िम्मेदारी हम पर छोड़ दो।''

दुख भरी हँसी हँसती हुई रुखिया बी ने जोश और उत्साह से बातें करते लड़कों की ओर दयनीय नज़रों से देखा। आस-पास के घरों के लोग उसे देख रहे थे, यह ख़्याल आते ही वह थोड़ा-सा घबरा गयी। झट ही सँभलकर निर्णायक आवाज में बोली, ''देखो बच्चो! अगर मेरा भी एक लड़का होता तो उसको भी मैं तुम्हारी लीग में भेज देती। तुम लोग जो काम कर रहे हो वह अल्लाह को मंजूर है, परन्तु मेरा पुत्र नहीं, बेटी है। उसकी मुझे शादी करनी है। किसी तरह थोड़ा-बहुत पैसा जमा किया है। थोड़ा-सा सोना भी है। अब मुझे चाहिए मेरी बेटी से शादी करनेवाला लड़का। अब तुम मुझे बताओ, तुम में से कोई है मेरी बेटी का हाथ थामनेवाला? मैं अभी जाकर कोया के मुँह पर पैसा फेंक कर आती हूँ। बताओ, तुम में से कोई तैयार है इसके लिए?''

यूथ लीग का मुँह बन्द हो गया। रुखिया बी से किसी को भी ऐसे सवाल की उम्मीद नहीं थी। लीग के सारे आदर्श उसके एक सवाल से चूर-चूर हो गये। वे एक-दूसरे का मुँह देखते हुए सिर नीचे करके खुसर-फुसर करने लगे। वे शर्मिन्दा से होकर चुप रहे।

साड़ी के पल्लू से आँखें पोंछती रुखिया बी बोली, ''मुझे मालूम था, तुम में से कोई भी इसके लिए तैयार नहीं हो। इसमें तुम्हारा कोई दोष नहीं। दस-पन्द्रह हज़ार देकर तुम्हारे साथ बेटियों की शादी करनेवाले इस जगह के साहूकार हैं। मैं यह कैसे कर सकती हूँ? मेरी बेटी की क़िस्मत में अगर यही कुछ लिखा है तो तुम इसमें क्या कर सकते हो?''

उनके समूह में से रास्ता बनाकर रुखिया बी अपने घर के अन्दर घुस गयी और दरवाजा बन्द कर लिया।

नर्म रेत में धँसते पैरों को यत्न से उठाते मुत्तुचेरा यूथ लीग के मैम्बर बीच रोड की काली कोलतार की सड़क पर सिर झुकाए चल पड़े। अगर कहीं बीरान कोया उन्हें रास्ते में मिल जाता तो ये लड़के मार-मार कर उसका मलीदा बना देते।

बीरान कोया भी चुप बैठनेवाला नहीं था। रुखिया बी के घर की ओर ये हरामी गये थे, ख़बर मिलते ही वह हसन साहब के लकड़ी के आरे की ओर भागा।

वे बीरान कोया की मदद करेंगे तो वह उनकी मदद करेगा। अनुभवी हसन साहब ने कोया को हौसला देते हुए कहा, ''तुम रत्ती भर भी न डरो। मैं सब सम्भाल लूँगा। रुखिया बी हमारे घर काम करती है, इतना तो जानते हो, फिर क्यों चिन्ता करते हो? तुम अपना काम करते हो रहो।''

उनकी बातें सुनकर चैन की साँस लेते हुए कोया सीढ़ियाँ उतरने लगा तो हसन साहब बोले, ''तुम उस उमर को जानते हो जो रुखिया बी को काम के लिए हमारे घर लेकर आया था, उसका दूर नजदीक का भाई लगता है शायद। उसको

निकाह के समय आने के लिए बोलो। हम सभी मिलकर शादी करेंगे तो लोग हमारे ऊपर उँगली नहीं उठाएँगे।''

बीरान कोया सिर हिलाते हुए चला गया।

अगले दिन सवेरे हसन साहब के घर काम करने गयी माँ को जल्दी वापस आया देख उनीसा हैरान हो गयी। माँ घर में आते ही धम्म से बैठ गयी और कच्चे फर्श पर सिर मार-मारकर रोने लगी। लड़की डर गयी। साहब के घर कोई झगड़ा हुआ होगा। कल शाम को घर के आगे इकट्ठे लड़कों से एक सवाल पूछकर उनका मुँह बन्द कर देनेवाली आज इतना क्यों रो रही है? जरूर कोई घटना घटी होगी। उसने मन ही मन सोचा। इस सारी मुसीबत की जड़ वह ही थी, सोचकर वह बहुत दुखी हुई।

रुखिया बी लगातार ज़ोर-ज़ोर से रो रही थी। कल शाम को लड़कों को वापस भेज कर रुखिया बी पर जैसे पागलपन छा गया था। बेटी के जोर देने पर उसने थोड़ा- बहुत खाया। लड़कों की बात मानकर अगर वह उस अरबी से शादी से इनकार कर दे तो क्या होगा? अगर लड़कों का साथ होगा तो उसे कोया से डरने की कोई जरूरत नहीं थी, परन्तु उनीसा की शादी कैसे होगी? कब होगी? उन लड़कों में से तो कोई शादी नहीं करने लगा, इसकी उम्मीद भी नहीं थी। फिर बेटी की शादी? बीरान कोया की बातों पर यकीन नहीं आता, परन्तु अगर वह अरबी शेख़ सचमुच ही अच्छा हो? आकर उसे ले जाए, बस। अरबियों से शादी करके सुखी हुई लड़की कोई नहीं थी। बेटी का उस अरबी के साथ शादी के बाद सुखी रहना अगर अल्लाह ने लिखा हुआ हो तो मैं क्यों उसमें रुकावट डालूँ? जो होना है, हो जाए। कहता है, बड़ी जमात के इमाम को भी इसके बारे में पता है। वे ऐसे कामों के लिए आनेवाले नहीं। अगर बीरान कोया धोख दे जाए। पूरी रात वह करवटें बदलती रही। वह इस शादी के लिए माने कि न माने। वह चिन्ता में डूबी थी सोच-सोच कर वह बेहाल हो गयी थी।

रोज़ की तरह वह सवेरे उठकर हसन साहब के घर गयी तो वहाँ एक अचम्भा उसका इन्तजार कर रहा था। वह सात-आठ सालों से वहाँ काम कर रही थी। आज तक एक बार भी साहूकार ने उससे बात नहीं की थी, और ही उसने उसकी ओर नज़र उठाकर देखा था। आज दरवाजे में रोककर उससे बात की तो वह संकोच से सिमट गयी। साहब की हर बात मक्खन में से बाल निकालने की तरह थी। वह आगे कोई जवाब न दे सकी। गाय की तरह सिर झुकाकर सुनती रही। सब बातें करने के बाद आखिर फैसला सुनाते कह दिया, ''तू किसी बात से न डर। मुझ पर भरोसा है न तुझे। सवेरे यहाँ निकाह का सारा इन्तजाम होगा। उन बदमाश लड़कों की

बातें सुनकर बैठ गयी तो तुझे नौकरी दे देंगे? इस जगह पर मेरे सिवा तेरा और कौन है? पासपोर्ट बनवाकर तुम्हारी बेटी को समुद्र पार भेजने की जिम्मेवारी मेरी है। ठीक है न? कोया को मैंने कह दिया है दो हज़ार तुझे कैश देने के लिए। आज तू काम न कर और घर जा।''

हसन साहब की बातें याद करके वह रो रही थी। उनीसा धीरे-से आकर माँ के पास घुटनों के बल बैठ गयी। उसने बाँह से पकड़कर माँ को उठाना चाहा।

रुखिया बी हड़बड़ाकर उठी और बेटी को बालों से पकड़कर उसे झंझोड़ते हुए बोली, ''यह सब मुसीबत तुम्हारे कारण हुई है। तू पैदा होते ही मर जाती तो मुझे यह देखना और सुनना तो न पड़ता।'' चिल्लाते हुए उसने बेटी को जोर से धकेला। माँ के इस अचानक हमले से बेटी गिरी। कच्चा फर्श होने पर भी उसके सिर पर चोट लगी। उनीसा की आँखों के आगे अँधेरा छा गया और वह बेहोश हो गयी। रुखिया बी ने देखा, उसकी नीचे गिरी बेटी अब तक उठी नहीं थी तो उसने जल्दी से लपककर उसे उठाया और छाती से लगाकर सारे मुत्तुचेरा को हिला देनेवाला विलाप करने लगी।

आस-पास की झोपड़ियों में से औरतें भागी आयीं। हमदर्दी की बातें करने लगीं। अपने अनुभव के अनुसार देखी-सुनी अच्छी-बुरी बातें अरबी शादियों के बारे में बताने लगीं। रुखिया बी ने किसी की बात की ओर ध्यान नहीं दिया। सौ सवालों में से किसी एक के लिए 'हूँ' और किसी के लिए 'उँ हँ' कहकर टालती रही। सारा दिन चूल्हा न जलाया। अगले दिन उनीसा को घर बिठाकर बाहर से ताला लगाकर जल्दी से हसन साहब के घर की ओर चल पड़ी।

सूर्य ऊपर होते ही हसन साहब के बंगले के सामने एक काली कार आकर रुकी। बरामदे से छलाँग लगाकर कोया ने जाकर कार का पीछे का दरवाज़ा खोला। बड़ी फुर्ती से शेख़ मशरुक मुस्तफ़ा कार से उतरा। इत्र की महक चारों ओर फैल गयी। गम्भीरतापूर्वक आगे बढ़ते लम्बे-ऊँचे अरबी शेख़ का सीढ़ियों के पास आकर हसन साहब ने हाथ मिलाकर स्वागत किया। बरामदे में पहले ही चार-पाँच बड़ी पगड़ियों वाले बैठे थे। रुखिया बी का दूर के रिश्ते में लगता भाई उमर नयी धोती पहने सिर पर साफा लपेटे कोने में पड़ी एक बैंत की कुर्सी पर तनकर बैठ हुआ था। अन्दर के दरवाज़े पर लटकते हरे परदे के पीछे से चूड़ियों की खनक बरामदे तक पहुँच रही थी। बड़े आराम से पूरे सोफा पर पसरा मुस्तफ़ा शेख़ टूटी--फूटी हिन्दुस्तानी में हसन साहब के साथ बातचीत करने की कोशिश कर रहा था।

बीरान कोया बड़ा बेचैन था। न उससे खड़ा हुआ जाता था, न बैठा जा रहा था। बार-बार घड़ी देखते हुए इधर-उधर चक्कर काट रहा था। किसी तरह

निकाह हो जाए तो चैन आए। उन हरामी लड़कों का कुछ पता नहीं कब इकट्ठे होकर आ जाएँ। इसी डर से सारी रात उसे नींद नहीं आयी थी। कहीं से थोड़ी-सी भी आहट होती तो वह चौंक जाता। जो भी हो, डरकर चुप करके तो बैठा नहीं जा सकता था। हलीमा के ब्याह की बात तय हो गयी तो उसका निकाह भी यहीं करना पड़ेगा। अरबी शेख़ ने अभी पूरे पैसे भी नहीं दिए थे। सारा काम होने के बाद शाम तक तीन हज़ार तो पक्के बच ही जाएँगे।

गेट के पास एक रिक्शा आकर खड़ा हुआ। दक्षिणी जमात का काजी रिक्शे से उतरा। उसकी ओर भागकर गये कोया ने अपनी कमर में बँधी पेटी में से पैसे निकालकर रिक्शावाले को दिए।

बरामदे में हलचल शुरू हो गयी। एक छोटा-सा लड़का अन्दर से मखमल की चादर लाया और बरामदे के बीच बिछा दी। आँखों के इशारे से ही काज़ी की इज़ाज़त लेकर कोया ने मुस्तफ़ा का हाथ पकड़कर उसे उठाया और मखमल की चादर पर बिठा दिया। फिर अरबी में कोई बात करके हँस पड़ा। उनकी ओर टकटकी लगाकर देखते उमर ने देखा कि उसे तो कोई पूछ ही नहीं रहा था। वह बड़ा बेज़ार हो गया। खुद ही उठकर मुस्तफ़ा के सामने आकर बैठ गया।

दीवार के पास खड़े एक, बड़ी पगड़ीवाले के साथ खुसर-फुसर करते काज़ी ने उमर की ओर इशारा करके पूछा "यह कौन है?"

"रुख़िया का भाई लगता है। मैंने ही उसे आने के लिए कहा था।" हसन साहब ने कहा।

"लड़की की माँ के रिश्ते से?" काज़ी के दुबारा पूछने पर उमर उठ खड़ा हुआ और बोला, "हाँ।"

बीरान की ओर घूमकर काज़ी साहब ने हँसते हुए कहा, "यह क्या कोया? तुम्हें इतना भी नहीं मालूम? इतने साल की सर्विस तुम्हारी कुएँ में गयी। लड़की की माँ के रिश्ते में से किसी को निकाह में शामिल होने का रिवाज इस दुनिया में कहाँ है?"

बीरन कोया होंठ चबाने लगा—"ज़ल्दी-ज़ल्दी में भूल हो गयी काज़ी साहब! लड़की के बाप की ओर से कोई भी नहीं है। आप खुद ही यह भूल सुधार दें। आपको पहले बताना भूल गया।" कहकर कोया ने काज़ी को फिर आँख के इशारे से ही आगे बढ़ने के लिए कहा।

अपमानित हुआ उमर शर्म से सिर झुकाकर एक कोने में बैठ गया। उसको लगा उसने यहाँ आकर गलती की। उसे यहाँ नहीं आना चाहिए था। कोया की बात मानकर अपना अपमान करवा लिया। वह मन-ही-मन दुखी हुआ। 'सवेरे नमाज़ की बाँग सुनते ही आने के लिए बीरान कोया ने कहा था। रुखिया बी के साथ बात करने

का तो मौका ही नहीं मिला। वह अन्दर होगी निकाह के बाद बात करूँगा।'

हसन साहब भी वहीं थे। इसकी ओर ध्यान न देकर काज़ी साहब निकाह के काम में लग गये। अन्दर के हरे परदे के पीछे खड़े लोगों के ऊँचे-नीचे आकार दिखाई दे रहे थे। आमने-सामने बैठे काज़ी और मुस्तफ़ा ने एक-दूसरे से हाथ मिलाए, "अगर बात मंजूर हो तो आगे बढ़ें।"

"रुक जाओ!" बिजली के तरह कड़कती आवाज़ सुनाई दी। अन्दर के दरवाजे। की रस्सी टूट गयी और धप्प से परदा नीचे जमीन पर गिर गया।

वहाँ इकट्ठे हुए आदमी, कुछ बैठे, कुछ खड़े जैसे सभी पत्थर हो गये। वे हैरान होकर इधर-उधर झाँकने लगे। धर्म के शुभ कार्य में बदशगुनी! निकाहवाली जगहों पर औरतें! बिखरे हुए बाल, आग बरसाती आँखें, रुखिया बी तीर की तरह आयी और अरबी शेख़ को पकड़कर बैठे काज़ी को बाँह से खींचा। सभी कुछ बिजली की तेज़ी से हुआ। काज़ी का खून जम गया। "रुक जाओ। यह निकाह कबूल नहीं! इस निकाह के लिए लड़की राजी नहीं! रुक जाओ! मैं भी इसे नहीं मानती।" रुखिया बी की आवाज़ सड़क तक सुनाई दे रही थी।

हक्का-बक्का हुआ कोया उठा और झट उसने अपने आपको सँभाला व गुस्से से काँप रहा था। "ऐ शैतान!" कह कर वह रुखिया बी को ओर बढ़ा और उसे मारने के लिए हाथ ऊपर उठाया। दाँत भींचती रुखिया बी दो कदम पीछे सरकी और वह ज़ोर से चीख़ी। सारे शरीर को कमान की तरह झुका कर उसने गले से श्लेष्म निकाला और थूक दिया। बीरन कोया के सिर पर जाकर पीले रंग का श्लेष्म गिरा और फिर धीरे-धीरे नीचे सरकता। उसकी आँखों के पपोटे पर पहुँच गया। अपमान के इस झटके से कोया के दिल की धड़कन ही रुक गयी। हाथ-पाँवों में जैसे जान ही न रही। 'या अल्लाह!' कहते हुए वह वहीं धम्म-से बैठ गया। अब तक पत्थर की मूर्ति बने बैठे हसन साहब तेज़ी से उठे और आगे बढ़कर रुखिया बी की बाँह पकड़ने लगे थे कि कोने में बैठे उमर ने जल्दी से आगे बढ़कर हसन साहब की बाँह पकड़ कर उन्हें दीवार की ओर धकेला।

सारे मुत्तुचेरा को हिला देनेवाली आवाज़ में रुखिया बी चीख़ी, "मैं नहीं मानती। मुत्तुचेरा की कोई भी औरत नहीं मानती, अल्लाह भी उसे नहीं मानता।"

बरामदे में जैसे बम फट गया हो। उनके सामने पता नहीं क्या घटनेवाला था। वहाँ इकट्ठे लोग घबराए हुए देख रहे थे। किसी को कुछ समझ नहीं आ रहा था।

मुत्तुचेरा के इतिहास में पहली बार किसी औरत ने विरोध किया था, विरोध करने की ख्वाहिशमन्द औरतों की पहली आवाज़ बनकर!

डेथ सर्टिफिकेट

—जे. बालकृष्ण

नागप्पा मास्टर को ट्रेन में सफ़र किए कितने वर्ष बीत गये थे। तेज़ी गति से गाड़ी की खिड़की से दिखाई दे रहे दृश्य उनके मानस पटल पर कोई प्रभाव नहीं छोड़ रहे थे। उनका मन प्रभाव ग्रहण करने की स्थिति में ही नहीं था। ट्रेन में सफ़र करना उन्हें अच्छा लगता था परन्तु उनको अधिक सफ़र करने का अवसर ही नहीं मिला। हज़ारों लोगों को उठाए लोहे का दानव वाहन दो पटरियों पर अत्यन्त तेज़ी से चलता उनको अद्‌भुत लगता। रेलवे स्टेशन पर जब गाड़ी आती है तो सारा स्टेशन छत्ते से निकली मधुमक्खियों की तरह लोगों की भीड़ से भर जाता है।

गाड़ी में अकेले सफ़र करना बड़ा उबानेवाला है। डेढ़ दिन के सफ़र में आसपास बैठे सहयात्री परिचित हो जाते हैं। खाने पीने की चीजों का लेन-देन होता है। इधर-उधर की बातें होती हैं। परन्तु नागप्पा को किसी बात में अभिरुचि नहीं थी। उनके पास बैठे एक यात्री ने उनके साथ बात करने का एक-दो बार यत्न किया, परन्तु उनका मिजाज देखकर 'इस बूढ़े की बात करने की इच्छा नहीं' सोच कर पीछे हट गये। वे पति-पत्नी करीब पाँच साल के अपने बच्चे के साथ सफ़र कर रहे थे। बच्चा बहुत-सी बातें कर रहा था। कई प्रश्न पूछ रहा था। एक बार उसने जोर से बात की तो नागप्पा ने बड़े कुतूहल से बच्चे की ओर देखा। उसके माता-पिता ने समझा शायद उनको तकलीफ़ हुई है और उसे चुप कराने लगे। "नहीं मुझे कोई तकलीफ़ नहीं हुई है। बच्चा बड़ी प्यारी बातें कर रहा है।" कहकर उन्होंने बच्चे को पास बुलाकर नाम पूछा। बच्चा नहीं बोला तो उसके पिता ने बताया, "इसका नाम सतीश है।"

वे जब एल.टी.सी. लेकर देहली गये थे तो उनका बेटा किरण भी तकरीबन इसी उम्र का था, उनको याद आया। वे अपने परिवार के साथ सफ़र कर रहे थे—पहली बार और आखिरी बार। किरण का ख़्याल आते ही दुख उमड़ आया। आँखों में आँसू आ गये। उनका एक ही तो बेटा था। आँखों में आए आँसू किसी को दिखाई न दें इसलिए वे खिड़की की ओर मुड़ गये और आँखें बन्द करके ज़ोर

से चलती हवा की ओर मुँह करके बैठ गये। उनके आँसुओं को हवा उड़ाकर ले गयी। वे ऐसे ही आँखें बन्द करके बैठे थे कि नींद ने उन्हें घेर लिया। गाड़ी ने अचानक ब्रेक लगाई तो लोहे की करीच-करीच आवाज सुनकर उनकी नींद खुल गयी। कोई स्टेशन आया था। पास बैठी दम्पती उतर गयी थी। उस छोटे बच्चे को भी टाटा न किया, सोचकर उन्हें खराब लगा। कोई और मुसाफ़िर आकर बैठ गये थे। एक नव विवाहित युगल था। जीवन-उत्साह से भरपूर वे बहुत ख़ुश नज़र आ रहे थे। उनको छोड़ने आए दस-बारह लोगों के साथ वे खिड़की में से बातें कर रहे थे। एक स्त्री उस लड़की का हाथ पकड़कर पता नहीं क्या-क्या कर रही थी और बातें करते-करते अपनी आँखें भी पोंछ रही थी। नागप्पा को लगा वह लड़की की माँ होगी।

किरण भी अपनी पत्नी के साथ मुम्बई इसी गाड़ी से आया होगा। उन्हें विदा करने के लिए कोई भी न आया। शादी के बाद वे भी ख़ुशी-ख़ुशी जाते। पर, वह और उसकी बहु सबसे नाता तोड़कर, बिना किसी को बताए चले गये। अनाथों की तरह जाते हुए उन्हें कितना दुख हुआ होगा। किरण को गये दस साल हो गये हैं। सभी कहते हैं कि समय कितना जल्दी बीत जाता है। परन्तु किरण के जाने के बाद यह समय तो जैसे रुक ही गया है। एक-एक पल बिताना कठिन हो गया है। उसने बेटा होते हुए हमारे साथ यह जबरदस्ती की या माता-पिता होते हुए हमने उसके साथ अन्याय किया, कुछ समझ नहीं आता। नागप्पा ने गहरी साँस ली। शारदा तो अब भी बेटे के बारे में बात नहीं करती। दमा होने की वजह से वह पहले भी बहुत कम बात करती थी। इन दस सालों में जैसे पचास साल और बूढ़ी लगने लगी है। सारी रात रोती रहती है। उसकी साँस फूल रही है या वह रो रही है, कई बार तो समझ ही नहीं आता। परन्तु क्या वह इस स्थिति का स्वयं कारण नहीं है? बेटे ने जब आकर कहा कि वह अपनी पसन्द की लड़की से शादी करना चाहता है तो सुनकर वह कैसे भड़क उठी थी! कितना बवाल खड़ा किया था? कैसी ज़िद पकड़ ली! मैंने दोनों को समझाने की कितनी कोशिश की थी! "किरण तुम पहले अपनी पढ़ाई खत्म कर लो। फिर शादी के बारे में सोचेंगे।" वह भी नहीं माना। ज़िद पर अड़ा रहा। "नहीं मुझे अभी शादी करनी है। नहीं तो उसकी शादी कहीं और कर देंगे।" उसका नाम? मानसी, हाँ मानसी था। शारदा को कहा, 'ज़िद छोड़ दो। मान जाओ। वे एक-दूसरे को चाहते हैं। उनकी शादी कर देते हैं।' वह कितनी हठी थी! 'उसको घर लेकर आया तो मैं जान दे दूँगी।' वह डराती।

शायद किरण को यह उम्मीद नहीं थी की उसकी माँ इतना विरोध करेगी। वह दूसरी जाति की लड़की से शादी करने जा रहा है, सुनकर उसकी माँ को

जितनी चोट पहुँची, उससे भी ज्यादा चोट किरण को लगी होगी। उस लड़की के माता-पिता भी इस शादी के लिए राज़ी नहीं हुए। हम, उसे माता-पिता उसका साथ देंगे, शायद किरण का अन्दाजा होगा। शारदा और किरण के हठ के आगे मैं कुछ नहीं कर सका। शारदा मुझे कितना बुरा भला कहती रही! बेटे को एक थप्पड़ लगाकर उसकी अक्ल ठिकाने लगाओ, घर में बन्द करके बाहर से ताला लगा दो। बेटा पता नहीं किससे शादी करने जा रहा है, तुम ऐसे बुत बनकर बैठे देखते रहोगे। कैसे पिता हो! मुझे ताने मारती रहती।

"सर, स्वीट लीजिए।" सामने बैठे नव विवाहित लड़के ने कहा तो नागप्पा अपने विचारों के संसार से बाहर आए। अचानक क्या कहें, उन्हें सूझा ही नहीं। कुछ सोचने के पहले ही यान्त्रिक ढंग से हाथ बढ़ाकर उन्होंने पेड़ा उठा लिया। खिड़की की ओर मुड़कर देखा। गाड़ी बड़ी तेज़ी से जा रही थी। दूर क्षितिज में सूर्य डूब रहा था। ढलती शाम की ठंडी हवा ज़ोर से बह रही थी। 'मैं डायबटिक हूँ' कहकर स्वीट वापस कर दूँ तो अच्छा नहीं लगेगा। मगर खाऊँ कैसे? लम्बे सफ़र पर जा रहा हूँ। शूगर बढ़ गयी तो क्या करूँगा? ये सब सोचते हुए मिठाई उस युगल से छुपाकर कागज़ में लपेटकर अपने बैग में रख ली।

किरण के अब बच्चे भी होंगे। अगर वह शादी के बाद यहाँ रहता तो पोता-पोती 'दादा', 'दादी' कहते हुए आगे-पीछे भागते। मगर यह सौभाग्य शायद अब इस जन्म में तो नहीं मिलनेवाला। नागप्पा फिर विचारों में खो गये। वह कितना हठी था। घर छोड़कर गये दस साल हो गये, माँ-बाप जीते हैं कि नहीं, एक बार भी देखने नहीं आया। अब कहाँ से आकर देखेगा? शारदा को तो एक ज़िद थी कि उसको ढूँढ़ने की कोई जरूरत नहीं। शारदा अपने पुत्र के प्रति इतनी कठोर क्यों हो गयी थी? इकलौते पुत्र के साथ जो अटैचमेंट थी उसको वह दूसरी औरत के साथ बाँटने के लिए तैयार नहीं थी। उसके जाने के बाद घर में उसके बारे में कोई बात नहीं करने देती थी। घर में हर समय श्मशान-सा मौन पसरा रहता या उसकी गर्र-गर्र करती आवाज़ सुनायी देती। मौन में ही संसार के सभी शब्द छिपे हुए हैं। इसी में सभी रूप आकार भी छिपे हुए हैं। सभी कुछ निःशब्द हो जाने के बाद किरण की आवाज़ देती। उसकी हँसी सुनाई देती। रात को जब नींद नहीं आती थी, बेचैनी होती तो सीढ़ियों पर किसी के चढ़ने की आवाज़ सुनाई देती। कई बार किरण रात को देर से आता तो वह दबे पाँव सीढ़ियाँ चढ़ने का यत्न करता। रात को दरवाज़ा चीं-चीं करता तो कभी चोर होने का भय नहीं हुआ था। समझ लेते कि किरण ही होगा। बेटा कहीं फोन न करे दे, शारदा ने फोन निकालकर रख दिया। फोन लगा होता तो कभी रिंग होने पर लगता कि वह किरण का होगा। अब तो वह उम्मीद भी नहीं थी।

बाहर एकदम अँधेरा हो गया था। बोगी के अन्दर मन्द प्रकाश आँखों को जैसे चुभ रहा था। पंखे की एक तान में गिड़-गिड़ की आवाज़ जीवन का एक अविभाज्य अंग बन गयी लगती थी। 'मुझे इस अनुवाद के काम के लिए राजी नहीं होना चाहिए था। कहीं भी रहता, किरण जीता जागता है, यही समझते हुए अन्तिम साँस लेते। कैसी विडम्बना! उसके शव की रिपोर्ट और एफ.आई.आर. का अनुवाद करने का काम मुझे ही करना था। किसी भी पिता को ऐसे दुखान्त का सामना न करना पड़े!' ट्रेन के मन्द प्रकाश में उनका दुख और उदासी किसी को दिखाई नहीं दे रहे थे।

रिटायर होने के बाद उन्हें समझ न आया क्या करें? सवेरे शारदा को रसोई के काम में थोड़ी मदद करते, पेपर पढ़कर बाहर घूमने चले जाते। घर में रहने पर शारदा तो कोई बात नहीं करती थी। कुछ पढ़ने को भी मन नहीं करता था। किरण के जाने के बाद किसी काम में मन नहीं लगता था। पढ़ना छोड़े तो कितने वर्ष हो गये थे। ऐसे ही एक दिन किरण का मित्र अशोक घर आया। वह अकसर आता रहता था। उन दोनों का हाल-चाल पूछता रहता। शारदा का दमा बढ़ जाने पर उसे अस्पताल में भर्ती कराने के लिए एक-दो बार उसने मदद भी की। अभी मुम्बई जाने से पहले शारदा की देखभाल का जिम्मा उस पर ही छोड़ कर आए।

उस दिन अशोक घर आया तो कहने लगा, 'मास्टरजी आपके पास काफ़ी समय रहता हैं। मेरी कम्यूनिकेशन कम्पनी में अकसर अनुवाद का काम आता है। आप जब समय हो अनुवाद का काम कर दीजिए। आपका समय भी कट जाएगा।'

नागप्पा बोले, "मुझे पैसा नहीं चाहिए। पैसा लेकर क्या करूँगा। अनुवाद कर दूँगा। यह कैसा अनुवाद है इसके बारे में कुछ तो बताओ।"

"यह अनुवाद करवाने के लिए कम्पनीवाले मुझे पैसे देते हैं। अगर कोई और भी करेगा तो उसके भी शब्दों की गिनती के हिसाब से पैसे देंगे। मुझे तो पैसा मिलना ही है। किसी और को पूछने के बदले मैंने आपको पूछा।"

नागप्पा को और धन की जरूरत नहीं है। पेन्शन, प्रौवीडेंट फंड, ग्रेच्यूटी सब बैंक में जमा थे। इस पैसे के नॉमिनी शारदा और किरण थे। वह कभी-न-कभी जरूर आएगा, नागप्पा को भरोसा था।

"यह एक इन्शुरेन्स कम्पनी का अनुवाद का काम है। उनका हैड ऑफिस मुम्बई में है। कर्नाटक से आनेवाले डेथ क्लेम के कागज़ कन्नड़ में होते हैं। उन्हें इंगलिश में अनुवाद करके देना होता है। ऐसे पत्र जब भी आएँगे मैं आपको भेज दूँगा। आप घर में बैठकर या मेरे दफ्तर में आकर, जैसे आपको ठीक लगे अनुवाद का काम कर दें।" वह अनुवाद के लिए कुछ कागज़ देकर चला गया।

यह नयी तरह का काम था। समय कट जाएगा सोचकर उन्होंने यह काम

शुरू कर दिया। कई बार इस काम से वे परेशान भी हो जाते। किसी का डेथ क्लेम, कहीं आघात में हुई मृत्यु, साँप के काटने से हुई मौत। शव की माहजर रिपोर्ट, पुलिस की एफ.आई.आर., गवाहों के बयानों आदि का अनुवाद उनके मन को दुखी कर देता। इस तरह अनुवाद करते समय उनके पुत्र का डेथ सर्टिफिकेट, शव की माहजर रिपोर्ट इत्यादि भी अनुवाद के लिए उनके पास आएँगे, उन्होंने कभी सपने में भी सोचा नहीं था।

उस दिन हमेशा की तरह अशोक ने कागज़ भेजे। उन्होंने कमरे में बैठकर काम आरम्भ किया। दवाई देने के बावजूद शारदा की साँस बहुत फूली हुई थी। बिल्लियों के झगड़ने की आवाज़ जैसे 'गुर्र गुर्र' करती आवाज़ को अनदेखा करके यान्त्रिक ढंग से अनुवाद आरम्भ किया।

शव की माहजर रिपोर्ट पुलिस थाना बेलगाँव नगर, यू.डी.आर. नं. 82/06 अंडर सेक्शन 174 सी.आर.पी.सी. दिनांक 31.07.06. बेलगाँव नगर के सरकारी अस्पताल के शवघर में मृतक किरण कुमार सन ऑफ श्री नागप्पा, आयु 34 वर्ष, व्यवसाय, लारी चालक की मृत देह पंचर के सामने 174 सी.आर.पी.सी. की गयी शव की जाँच की रिपोर्ट।

पहले किये अनुवादों की तरह उन्होंने यान्त्रिक ढंग से इसका भी अनुवाद कर दिया। इतने में शारदा ने आवाज़ लगाई तो उठकर कमरे में चले गये। उसने पीने के लिए पानी माँगा। रसोई में जाकर गिलास में पानी भरने लगे तो अचानक इस अनुवाद का ख़्याल आ गया। किरण कुमार सन् ऑफ नागप्पा उनके हाथ से गिलास नीचे गिर गया। हाथ पैर काँपने लगे। शरीर पसीना-पसीना हो गया। सिर चकराने लगा। वहीं डाइनिंग चेयर पर सिर को पकड़कर बैठ गये।

"क्या हुआ?" शारदा ने गिलास गिरने की आवाज़ सुनकर पूछा।

थोड़ा सँभलकर उठे कि शारदा को पता न चले गिलास में पानी भरकर उसको दिया। उनके चेहरे पर घबराहट के चिह्न देखकर पूछने लगी, "क्या हुआ?" कुछ नहीं, शायद शूगर कम हो गयी होगी। ठीक हो जाएगी। कहकर कमरे में चले गये और दरवाजा बन्द करके फिर से रिपोर्ट पढ़ने लगे। बंगलौर से बेलगाँव जा रही गाड़ी का बेलगाँव में एक्सीडेंट हो गया। चालक किरण कुमार और क्लीनर की मौके पर ही मृत्यु हो गयी। 'यह किरण कुमार कोई और होगा। मेरा पुत्र बी.ए. पास है, वह लारी चालक क्यों बनेगा? दाहिनी ओर तिल था। किरण का तिल था? मुझे इस बारे में तो याद नहीं। शारदा को कैसे पूछूँ? उसने कह दिया 'हाँ' तो?' नागप्पा बड़े संकट में फँस गये। दस मिनट अपने आपको सहज करने का यत्न करते रहे। अन्त में धैर्य करके शारदा के कमरे में चले गये। उसकी फूली हुई साँस की आवाज़ कर्कश थी। उसका सारा जीवन दुखमयी हो

गया था। मनुष्य आराम से साँस लेता है, उसके लिए साँस लेना कितना कष्टमयी था। नागप्पा के आने की आवाज़ सुनकर वह बोली "क्या बात है?"

"कुछ नहीं ऐसे ही। पानी या कुछ और चाहिए?" कहकर उसकी खाट पर ही बैठ गये। "क्या बात, आज बाहर नहीं गये?" "जाना है। अशोक के ऑफिस जाना है।" कहकर जैसे कुछ याद आ गया हो, "हमारे किरण के पेट पर तिल था?" रूमाल से माथे का पसीना पोंछते हुए पूछा।

"कौन-सा हमारा किरण? क्या पता?"

कहकर करवट ले ली। फिर उसकी ओर मुड़कर, "अब यह क्यों पूछने लगी?"

"कुछ नहीं ऐसे ही पूछ रहा। वह याद आ गया।" इसको ज़ोर देकर कैसे पूछूँ। नागप्पा सोच रहे थे।

"उसकी याद अब क्यों आ रही है?" उसकी आवाज़ में दस साल पहले का ग़ुस्सा अभी कम नहीं हुआ था।

"यादें हमारे काबू में नहीं। वे हमारी बात नहीं मानतीं। अपनी मर्जी से आती हैं, अपनी मर्ज़ी से चली जाती हैं। हमारा किरण भी तो ऐसा ही था। कभी जल्दी आता कभी देर से आता। उसकी याद भी वेसी ही है। उसके जैसी।" कहकर नागप्पा ने शरदा के कन्धे पर हाथ रखा। उसने गहरी साँस भरी और फिर करवट बदल ली। उसका चेहरा चाहे नागप्पा को दिखाई नहीं दिया पर वे जानते थे उसकी आँखें गीली होंगी। नागप्पा को कुछ सूझ नहीं रहा था कि क्या करें। वे बैठे रहे उस कागज़ के बारे में सोचते।

"हाँ, उसकी नाभि के पास तिल था।" शारदा की आवाज़ कहीं दूर से आती महसूस हुई। नागप्पा अगर खड़े होते तो गिर जाते। घुटने काँपने लगे। शरीर का काँपना शारदा को मालूम न हो जाए उन्होंने हाथ उसके कन्धे से हटा लिया। कितनी देर वहाँ बैठे रहे, उन्हें पता ही न चला।

मृतक किरण उन्हीं का पुत्र था, उन्हें बहुत हद तक विश्वास हो गया था। धीरे से उठे और कहा, "मैं अशोक के ऑफिस से होकर आता हूँ।" शारदा तब तक सो गयी थी।

दबे पाँव पत्र लेकर वे बाहर निकल गये। रोज पैदल जानेवाले आज आटो लेकर गये। अशोक अपने कमरे में अकेला था। उसके सामने वह पत्र रखते उनके धैर्य का बाँध टूट गया। वे ज़ोर-ज़ोर से रोने लगे। अशोक घबरा गया। सोचा उनकी पत्नी को कुछ हो गया है। "क्या हुआ?" पूछा।

वे पत्र दिखाते हुए बोले, "हमारा किरण।" अशोक को कुछ समझ न आई। वह पत्र उसने ही भेजा था पर उसने उसको पढ़ा नहीं था। नागप्पा के कहने के बाद उसने कागज़ उठाकर पढ़ा तो सब समझ में आ गया।

''मास्टरजी यह कोई और होगा यह तो कोई लारी ड्राइवर है। किरण क्यों लारी ड्राइवर बनेगा? पिता का नाम वही है, यह कोइन्सीडेंस है।'' आशोक ने धैर्य बँधाते कहा। ''नहीं यह देखो, इसकी नाभि के पास भी तिल है, किरण का भी था।'' नागप्पा ने कहा, ''आप धैर्य रखिए, हम यह बात कन्फर्म करते हैं।'' अशोक ने फिर कागज़ उठाया। बेलगाँव थाने में फोन करके उस केस का नम्बर बताकर एक्सीडेंट में मृतक ड्राइवर की फ़ोटो के लिए पूछा। ''फ़ोटो है। आप यहाँ आकर देख लीजिए।'' पुलिस का जवाब था। जिस फ़ोटोग्राफर ने फ़ोटो खींची थी, उसका नम्बर पुलिस से लेकर उसको फोन करके, सारी बात बताकर उसे किसी साइबर सेंटर में जाकर फ़ोटो स्कैन कराके ईमेल पर भेजने के लिए कहा। ''जितना भी खर्च हो जाए, कोई बात नहीं। अर्जेंट मामला है इसलिए जितना भी खर्च हो हम देंगे।'' कहकर उसने नागप्पा को पासवाले सोफे पर बिठाया, पानी पिलाया, बिना चीनी के कॉफी पिलाई, कुछ खाने के लिए कहा तो उन्होंनें मना कर दिया। उनको एकान्त चाहिए थी। उनको फ़ोटो देखकर बात की पुष्टि करने की जरूरत महसूस नहीं हो रही थी। मर चुके बेटे की फोटो देखने की हिम्मत उनमें नहीं थी। अपघात में किरण का चेहरा कितना बिगड़ा हुआ होगा। हे भगवान! बूढ़े रोगी माँ-बाप को कैसी सज़ा! उनका ज़ोर से रोने का मन कर रहा था।

फ़ोटोग्राफर से बात करके आधे घंटे के बाद अशोक अन्दर आया और कम्प्यूटर पर ईमेल देखने लगा। नागप्पा बोले, ''अशोक प्लीज, मुझे वह फ़ोटो मत दिखाना। फ़ोटो कैसी है, मुझे मत बताना। तुम्हें निश्चय करना है तो कर लो।''

सिर नीचे करके बैठे नागप्पा ने सिर ऊपर न किया। अशोक ने कोई बात नहीं की। उसको यकीन हो गया। मरनेवाला उसका मित्र किरण ही था। उस कागज़ को देखकर एडरैस लिखा। मुम्बई में धारावी का पता था। एक्सीडेंट हुए दो महीने हो गये थे।

अशोक नागप्पा के पास आकर उनके कन्धे पर हाथ रखकर बैठ गया। नागप्पा उसकी बाँह पर सिर रखकर ज़ोर-ज़ोर से रोने लगे। अशोक को समझ नहीं आ रही थी कि क्या करे। जी भरकर रो लें, सोचकर वह चुप बैठा रहा।

''मास्टरजी किरण का पता यहाँ है। मैं मुम्बई होकर आता हूँ।'' अशोक ने कहा, ''तुम जाकर क्या करोगे, मैं ही जाऊँगा।''

''मैं आपके साथ चलता हूँ।''

''देखेंगे, अभी तो मैं घर जाता हूँ। शारदा को इसके बारे में कुछ मत बताना।'' नागप्पा ने हाथ जोड़ दिए। अशोक ने हाथ पकड़ लिये। उसकी आँखों

में भी आँसू थे। मित्र को खोने के दुख से अधिक वह इस दम्पती के दुख से पीड़ित था। वह मना करते रहे परन्तु अशोक उन्हें अपनी कार में छोड़ने आया। घर के सामने उतरे और कहने लगे, ''अब तुम अन्दर मत आओ।'' कहकर उसे वापस भेज दिया।

शारदा उठकर बैठी हुई थी। उसको कुछ मालूम न हो, उन्होंने बहुत प्रयत्न किया। सारी रात बेचैन रहे। उस पत्र की एक प्रति ले आए थे। रात को फिर उसको पढ़ा। किरण ने जो जानकारी अपने बारे में उनको नहीं दी थी, आज वह लेकर आए थे। बहुत सालों के बाद जैसे बेटे ने पत्र लिखा था। मृतक विवाहित है, उसकी पत्नी और एक बेटी है।

अगले दिन सवेरे नित की तरह सैर करने गये और अशोक को फोन करके मुम्बई के लिए एक टिकट बुक करवाने के लिए कहकर आ गये। ''मैं भी आपके साथ चलता हूँ।'' अशोक ने कहा तो नागप्पा ने एकदम इनकार कर दिया था। ''मेरे पीछे शारदा का ध्यान रखना।'' शारदा को क्या कहकर जाऊँ? इस सोच में पड़ गये। 'उसको छोड़कर कभी गया नहीं। अभी तीन-चार दिन लग जाएँगे।'

ट्रेन में सारी रात नागप्पा को नींद नहीं आई थी। जैसे-जैसे मुम्बई नज़दीक आ रही थी, उनकी घबराहट बढ़ती जा रही थी। दिल की धड़कन तेज़ होती जा रही थी। एक दो घंटे में वे पहुँचनेवाले थे। किरण लारी ड्राइवर क्यों बना, उन्हें समझ में नहीं आ रही थी। वह पढ़ा-लिखा था, उसे और कोई काम नहीं मिला था? मौत लानेवाले इस काम में वह क्यों पड़ा?

शारदा को अशोक ने बताया कि उसके दफ्तर के काम के लिए मास्टर जी बंगलौर गये हैं। अपने दफ्तर के एक आदमी को उनके पास छोड़ दिया। जाने के दिन अशोक ने आकर मास्टर जी को गाड़ी में बिठाया। पैसे के लिए पूछा तो उन्होंने मना कर दिया और कहा कि वह बैंक से पचास हज़ार निकलवाकर ले आये थे।

नागप्पा पहली बार मुम्बई जा रहे थे। सवेरे आठ बजे गाड़ी पहुँची। धारावी में किरण के घर का पता वे लिखकर लाए थे टैक्सी लेकर वहाँ पहुँच गये। गली के बाहर टैक्सीवाले ने उतार दिया और कहा कि टैक्सी आगे नहीं जा सकती। आगे जाकर किसी को पूछिए, वह घर दिखा देगा।

उनका बेटा इस तरह के गन्दे मुहल्ले में रहता था, देखकर उन्हें बड़ा दुख हुआ। रास्ते में बहता गन्दा पानी और औरतों का झगड़ा। आगे कैसे जाएँ? वहाँ एक दुकान दिखाई दी तो जाकर किरण की बेटी के लिए बिस्कुट और चॉकलेट लिये और किरण के घर का पता दिखाया। दुकानदार ने वहाँ खड़े हुए कुछ लोगों से मराठी में बात की और फिर वहाँ खेल रहे एक लड़के को मराठी में कुछ कहा। वह लड़का आगे-आगे और नागप्पा उसके पीछे चले पड़े।

'उसका नाम शायद मानसी था। पोती मुझे दादा कहकर बुलाएगी? हमने उनको घर में आने नहीं दिया। वह मुझे अपने घर आने देगी?' इन विचारों में खोये वे घर के सामने पहुँच गये। लड़का घर का दरवाज़ा दिखाकर भाग गया। नागप्पा ने डरते-डरते दरवाज़ा खटखटाया। दरवाज़ा खुला तो छह-सात साल की छोटी-सी बच्ची ने आधा दरवाज़ा खोलकर मराठी में पूछा, "कौन?" नागप्पा को समझ न आया कि क्या कहें? तुम्हारा दादा कह दें? या तुम्हारे अप्पा का अप्पा कहें? या तुम्हारे अप्पा-अम्मा को घर न आने देनेवाला दुष्ट कहें? ये सब सोचते हुए उस लड़की का चेहरा देख रहे थे कि एक युवती ने आकर मराठी में बच्ची से जो प्रश्न पूछा था वही प्रश्न पूछा। नागप्पा ने मानसी को देखा नहीं था। धैर्य करके बोले, "मैं किरण का अप्पा हूँ।" कन्नड़ में कहा। कुछ देर तो वह चकित हुई खड़ी रही। फिर बिना कुछ बोले अन्दर चली गयी। छोटी लड़की भी माँ के पीछे भाग गयी। क्या करूँ, नागप्पा को समझ नहीं आ रहा था। दरवाज़ा खुला था। वे ऐसे ही वापस जाने को नहीं आए थे, इस बात का ध्यान आया। वह युवती फिर दरवाज़े के पास आकर बोली, "अन्दर आइए।"

चप्पल बाहर उतारकर वे अन्दर चले गये। दो कमरों का छोटा-सा घर था। एक रसोई और एक दूसरा कमरा था जिसमें खाना-पीना, सोना-बैठना सभी होता होगा। वहाँ पड़ी एक लोहे की कुर्सी पर वे बैठ गये। धूप से आने के कारण अन्दर सबकुछ धुँधला दिखाई दे रहा था। कुछ देर के बाद नज़र साफ़ हुई तो सामने दीवार पर किरण की फ़ोटो दिखाई दी। उस पर फूलों का हार डाला हुआ था। वह युवती रसोई घर की दीवार से लगकर खड़ी उनको देख रही थी। बच्ची माँ की साड़ी के पीछे छुपी हुई थी।

"तुम्हारा नाम मानसी है ना?" उन्होंने पूछा, उसने कोई जवाब न दिया।

"तुम्हारा नाम क्या है? तुम्हें कन्नड़ आती है?" बच्ची को पूछा। उसने भी जवाब न दिया।

"हमसे बहुत बड़ी भूल हो गयी। हमें माफ़ कर दो।" नागप्पा ने हाथ जोड़कर कहा। वे कहना कुछ और चाहते थे, पर मुँह से कुछ और ही निकल गया।

"सबकुछ ख़त्म हो जाने के बाद अब ये सब कहने का क्या फायदा?" मानसी ने कहा, नागप्पा कुछ न बोले। पाँच मिनट के मौन के बाद बोली, "आइये मुँह-हाथ धो लीजिए।" रसोईघर में ही बने गुसलख़ाने की ओर उसने हाथ से इशारा किया।

नागप्पा मुँह धोकर फिर कुर्सी पर आकर बैठ गये। मानसी प्लेट में उपमा

लेकर आई। बच्ची माँ की साड़ी नहीं छोड़ रही थी। उन्होंने अपने झोले से चॉकलेट और बिस्कुट निकालकर दिए तो वह उनके पास आ गयी। ''तुम्हें कन्नड़ आती है?'' ''हूँ।'' उसने सिर हिला कर कहा।

''तुम्हारा नाम?''

''शारदा।'' उसने कहा तो नागप्पा के गले में कुछ अटक गया। उनसे उपमा खायी ही न गयी।

वे कुछ नहीं बोले। वह भी नहीं बोली। बच्ची को देखते हुए बोले, ''मैं तुम्हारा दादा हूँ, मुझे कहते हुए शर्म आ रही है।'' बच्ची को कुछ समझ न आयी।

आखिर नागप्पा ने बात शुरू की, ''चलो घर चलें।''

''अब यही हमारा घर है।'' फट-से मानसी ने कह दिया। 'हमारा कोई नहीं।' यह भी जोड़ दिया।

''हमें माफ़ कर दो बेटी।''

''कौन किसको माफ़ करे, समझ नहीं आता।''

''हमारा भी तो कोई नहीं।''

''मतलब कि आपको इस बुढ़ापे में कोई देखभाल करनेवाला चाहिए।'' वह रूखे ढंग से बोली। क्या कहें उन्हें कुछ न सूझा। कुछ समय के बाद वे बोले, ''बच्ची के बारे में सोचो। अब तुम दोनों के सिवा हमारा कौन है? तुम लोगों को हमने कितना ढूँढ़ा।'' नागप्पा ने कहा।

''सब झूठ।'' वह बोली।

फिर दोनों के बीच मौन छा गया। बच्ची चॉकलेट खाते हुए दोनों को देख रही थी। ''किरण ने कोई और काम क्यों न किया?'' ''मिलता तब ना।'' उसका संक्षिप्त उत्तर था, 'मेरे आने से उसको अन्दर कहीं थोड़ी ख़ुशी तो हुई होगी, एक तरह से सुरक्षित होने की भावना। मेरे साथ वह चल पड़ेगी।' नागप्पा सोचने लगे। ''तुमने अपने घरवालों को बताया?'' उन्होंने पूछा तो उसने 'ना' में सिर हिला दिया। फिर धम्म-से वहीं बैठ गयी और रोने लगी। बच्ची भी उसे देखकर रोने लगी और माँ के पास जाकर खड़ी हो गयी।

नागप्पा को कुछ समझ नहीं आ रही थी कि क्या करें। उठकर उसे सान्त्वना दें? उनकी आँखों में भी आँसू बहने लगे। वे रूमाल से आँखें पोछने लगे।

''डरो मत। हम हैं। अब तुम ही हमारी बेटी हो और बेटा भी हो। चलो मेरे साथ घर चलो। तुमने और हमने बहुत पीड़ा और दुख झेले हैं। जो हो गया सो हो गया। अब इस बच्ची के भविष्य के बारे में सोचें।''

''सोचूँगी'' कहकर मानसी ने आँखें पोंछ लीं।

''सोचो, हम सबकी भलाई इसी में है। तुम जब भी आने के लिए तैयार होगी, बताना मैं आकर ले जाऊँगा। यह किरण के मित्र अशोक का फोन नम्बर है। ना मत करना, ये पैसे रख लो।'' कह कर साथ लाए पचास हजार रुपये उन्होंने उसके आगे रख दिए। उसने हाथ से पीछे सरका दिए। ''देखो काम आएँगे। यहाँ पर जो भी लेना-देना है, वह चुका दो। और पैसों की जरूरत हो तो बताना, भेज दूँगा।'' कहकर पैसे उसके हाथ में देकर उठ खड़े हुए, फिर किरण की फ़ोटो के पास जाकर रुके और रूमाल से आँखें पोंछने लगे।

वापसी का सफ़र नागप्पा के लिए उतना कष्टमयी नहीं था। 'शारदा को किसी तरह मना लूँगा। उसे मानना ही होगा' मन-ही-मन उन्होंने कहा। उसके बेटे की मृत्यु के बारे में बताना बहुत कठिन होगा। किरण जब ज़िन्दा था तब भी उसका रोना जारी रहता था। अब उसकी मौत की ख़बर सुनकर तो वह मर ही जाएगी, या यह कहेगी कि मेरे लिए तो कब का मर चुका है। वह तो उसकी मौत से पहले ही अपने दुख का कोटा ख़त्म कर चुकी थी। अब किरण की मौत की ख़बर सुनकर उसे क्या महसूस होगा? नागप्पा शारदा के बारे में सोच रहे थे। लौटते समय मानसी ने किरण की अस्थियोंवाला डिब्बा दिया था, उसे झोले समेत उन्होंने कसकर पकड़ लिया और खिड़की से आ रही तेज़ हवा की ओर मुँह करके बैठ गये। पता नहीं, नागप्पा को वापसी का सफ़र इतना लम्बा क्यों लग रहा था!

निमन्त्रण-पत्र

—जयन्त कैकिणी

घाट् कूपर के फ्लाईओवर का काम बीच में रुका होने के कारण वह बम गिरने से टूटे पुल की तरह दिखाई दे रहा था। दोनों ओर से थोड़े-थोड़े बने हुए पुल के बीच में से दिखाई देते विशाल आकाश को जमीन पर बने खम्भों की सलाखें जैसे छेद रही थीं। अधूरे पुल के नीचे से किसी तरह जगह बनाकर रेंगते-से वाहन दूसरी ओर जाकर आँखों से ओझल हो जाते। यह रास्ते की प्रारब्ध थी। मनुष्य हो तो चाहने पर रुक जाए परन्तु रास्ता...?

इस रास्ते के एक ओर उत्साह से भरा लगभग बाईस वर्षीय युवक पोपट पॉलिथिन में लपेटी हुई बड़ी-सी एलबम पकड़े खड़ा था। नजदीक की बॉलपेन फैक्ट्री में काम करनेवाली आसावरी थोड़े ही समय में आनेवाली थी। पोपट के हाथ में पकड़ी एलबम में अलग-अलग नमूनों के विवाह के निमन्त्रण कार्ड थे। प्रेस में काम करनेवाले अपने एक मित्र से यह एलबम वह एक घंटे के लिए माँगकर लाया था। उसमें से अपने विवाह के लिए एक कार्ड चुनकर आज ही उसे छपवाने के लिए देना था। इस काम के लिए पोपट को नाइट शिफ्ट करनी थी।

आसावरी वादा किए समय से कभी लेट नहीं होती थी। सीमेंट के दो ट्रकों से उड़ती धूल के बादल छँट जाने तक ड्रीम सीक्वेंस से बाहर निकलकर दूसरी तरफ खड़ी आसावरी ने हाथ हिलाया। किसी भी ट्रक के सीमेंट या रेत से चली आँधी उसके कसकर बाँधे गये जूड़े को ढीला नहीं कर सकती थी। धूल कम होने पर उसने आँखें झपकीं तो उन आँखों में चमक थी।

वहीं से एलबम वाला हाथ उठाकर दिखाने के बाद, दोनों ओर सतर्कतापूर्वक देखते हुए एलबम को छाती से लगाकर तैरने की तरह पोपट ने सड़क पार की। दुपहर की सुखद धूप को महसूस करते हुए वह उसके पास पहुँच गया। ''ले आए'' उसकी आवाज़ में गर्दन टेढ़ी कर 'दाल चावल ले आये' पूछने जैसा कुटम्बिकता पोपट को हमेशा प्रिय लगती थी।

''ज्यादा समय नहीं है। जल्दी से निर्णय करना है। यहीं-कहीं बैठ जाते हैं।'' कहकर पोपट ने इधर-उधर देखा। बहुत बड़े-बड़े पत्थरों पर से होते हुए

वे आगे चले गये। पुल की सलैबों की परछाईं एक ओर पड़ रही थी। आ-जा रहे ट्रकों की आवाज पास ही कहीं सीमेंट मिक्सर की आवाज और थोड़ी दूर से काँजूर स्टेशन से प्रति मिनट जाती लोकल ट्रेन की आवाज़ वातावरण का हिस्सा बनी हुई थी।

छोटे-छोटे पत्थरों के ढेर पर बैठते हुए आसावरी ने 'दिखाओ' कहते हुए खुद ही एलबम पकड़ ली और पन्ने पलटने लगी। आसावरी की गर्दन पर पीसने की लकीरें देखकर पोपट को बड़ा प्यार आया। एलबम में रंग-बिरंगे कार्डों के कितने ही नमूने थे। किसी पर भी कुछ लिखा नहीं था। उन्हें देखते ही वह चौंक गयी। खाली कार्ड हाउसिंग बोर्ड के उन घरों की तरह थे, जहाँ रहने कोई न आया हो, निर्जन विवाह-मंडप की तरह वह साँय-साँय कर रहे थे। चुपचाप आश्चर्य से देख रही आसावरी को देखकर पोपट बोला, "इधर देखो, यह कैसा है?...फूलों का गुच्छा है। अच्छा है। असली हल्दी-कुमकुम, स्क्रीनप्रिंट में बनाते हैं।"

"इतना महँगा कार्ड हमें नहीं चाहिए।" उसकी बात काटते हुए वह बोली।

आसावरी को यह एलबम अनगिनत सम्भावनाओं की फाइल की तरह दिखाई दी। हर तरह के विवाह-संसार उसमें थे। तरह-तरह के सस्ते और सादे नमूने के कार्ड ढूँढ़ना कठिन नहीं था। ऐसे पाँच-छह कार्ड आखिर में थे। हल्के गुलाबी रंग का एक कार्ड बड़ा ही अच्छा लग रहा था। उसकी बायीं ओर एक छोटे-से कलश में एक जोड़ी पक्षियों का रेखाचित्र था। "यह ठीक है।" आसावरी की ओर देखते हुए पोपट ने कहा।

आसावरी उस कार्ड को प्लास्टिक फोल्डर से निकालने लगी तो "ए, ए गन्दा हो जाएगा। प्रेस में काम करते एक मित्र से माँगकर लाया हूँ। इस तरह किसी को देते ही नहीं। अन्दर रखो, अन्दर।" पोपट ने जल्दी मचाते हुए कहा। पोपट के सिर पर हाथ मारते हुए आसावरी बोली—"चुप्प।"

पुल के ऊपर एक लारी अपने पीछे का भाग ऊपर उठाकर रेत बरसाने लगी। नीचे पत्थरों पर बैठे दोनों एकटक उस हलके गुलाबी रंग के कोरे कार्ड को देख रहे थे। भावी वैवाहिक जीवन के निगूढ़ रहस्यों को अपने अन्दर छुपाये, थोड़ा-सा डरा हुआ वह छोटा-सा कागज़ उन्हें देख रहा था।

दोनों ने कितनी ही बार गन्ने का रस साथ-साथ पिया था, कितनी ही बार दुपहर के समय बेमतलब की बातें करते हुए इस उपवन में टहलते रहे थे। रेलगाड़ी आने पर वह लेडीज़ कम्पार्टमेंट में जाने लगती तो "इधर आओ" कहकर उसे जनरल डिब्बे में बुला लेता। रौंद देनेवाली उस भीड़ में वह अधिनायक की तरह उसकी रक्षा करता खड़ा रहता। "तुमने विवाह के समय सफारी सूट नहीं पहना तो विवाह

नहीं होगा।'' बस स्टॉप पर एक बार आसावरी ने ज़िद पकड़ ली थी। एक बार उसके लिए कानों की बालियाँ खरीदने गया तो दुकानदार ने उनका तमाशा देखने के लिए, शरारत भरे ढंग से मुस्कराते हुए महँगी बालियाँ दिखा दीं। उसका मूक संकट समझ कर ''छीः, यह अच्छी नहीं, इतनी महँगी बालियाँ खरीदने लगे हो, तुम्हारा दिमाग तो ठीक है।'' कहते हुए एक सेकेंड में उसे दुकान से बाहर ले आयी। इस तरह के कितने ही अलग-अलग दृश्य थे, जिनको विचित्र भारी रस्सी से बाँधने के लिए तैयार यह कार्ड समाज के निर्दय नियमों की तरह किले के बन्द दरवाज़े की तरह, इन दोनों को 'देख लो, सोच लो,' कह रहा था।

दोनों के मित्रों की संख्या कुल मिलाकर एक सौ से ज्यादा न थी। परन्तु एक सौ कार्ड छपवाने का आर्डर दें तो तीन सौ का मूल्य देना पड़ता था। इसलिए प्रेस वाले ने सलाह दी कि तीन सौ कार्ड छपवा लो। अब यह दो सौ कार्ड ज़्यादा छपवा कर किनको बाँटे जाएँ, यह गम्भीर समस्या उठ खड़ी हुई। इस कार्ड के बहाने मित्रों की संख्या बढ़ा सकते थे। पानवाला, इस्तिरीवाला, उपवन चौकीदार, जो वह लड़का बड़े होटल के फूलदानों से हटाए गये पिछले दिन के फूल सस्ते दाम पर फ़ुटपाथ पर बेचता था, आदि—कितने सालों से जाने-पहचाने यह लोग अनजान ही बने हुए थे। ये सारे एक लक्ष्मण रेखा से बाहर रहनेवाले थे। यह एक कार्ड देने से इस्तिरी की हुई कमीज़ पहने ये लोग उस रेखा के इस ओर आकर हाथ मिलकार दोस्त बन जाएँगे और फिर जब चाहो इनको छोड़ा जा सकता था। काम पर जाती औरतें अपने बच्चों को हमारी खोली में छोड़कर जाना शुरू कर देंगी हमें किसी शादी का बुलावा आ सकता था। नये कपड़े पहने, दो बसें गाड़ियाँ बदलकर किसी पंडाल में लोहे की कुर्सियों पर अपरिचितों के बीच बैठकर अपरिचितों के हाथों परोसा खाना खाकर, पान सुपारी चबाते हुए किसी को टाटा किए बिना घर को चल पड़ेंगे। कौन-सा मित्र? कोई भी नहीं।

टूटे हुए पुल की परछाईं अब पूर्व की ओर चुपचाप सरक गयी थी। दोनों धीरे-से उठे जल्ली मिक्सर के पास से निकलकर 'काला-चटपटा' रेहड़ी की ओर चल दिए। बाई टू करवा के 'काला-चटपटा' पिया। 'बाई टू' में ज़्यादा मिल जाता है, पोपट का विश्वास था। 'आइस नहीं', आसावरी की ज़िद थी। इतने-से शर्बत में आइस, शर्बत के साथ धोखा था, आसावरी का कहना था। दोनों ने घूँट-घूँट करके काला-चटपटा पिया। शर्बतवाले ने चोरी से प्रेम करनेवालों के लिए एक गुप्त जगह निश्चित की हुई थी। इन दोनों प्रेमियों की ओर भी शरारत भरी नज़रों से देखकर उसने कहा, ''चाहो तो उस कोने में जा सकते हो।'' उसने धूल भरे जंक यार्ड की ओर इशारा किया। आसावरी को जैसे आग लग उठी। हाथ में पकड़े कोरे विवाह कार्ड का अपमान करने जैसा कुछ इस वातावरण में उसे लगा।

गट-गट शर्बत पीकर गिलास ज़ोर से पटकते हुए ''चलो पोपट'' कहकर कांजूर स्टेशन की ओर तेज़ी से शार्टकट रास्ते से चल पड़ी। किसी भी तरह की गन्दगी से दोनों को ऊपर उठाने की शक्ति इस कार्ड में थी। जल्दी-जल्दी चलते हुए आसावरी प्लेटफार्म नम्बर तीन के आखिरवाले सीमेंट के बैंच पर जाकर धम्म से बैठ गयी। फिर अपने पर्स से कागज़ निकालकर कुछ लिखने लगी।

एलबम छाती से लगाए भागता हुआ पोपट वहाँ पहुँचा, उसे लिखते देख लम्बी साँस लेकर बैठ गया। उसका पेन किसी भय से रुककर हवा में काँपने लगा। आमतौर पर विवाह के कार्ड बड़ों अथवा माता-पिता की ओर से भेजने का रिवाज है। आज तक जितने भी कार्ड उन्होंने देखे थे वे इसी तरह के थे। परन्तु उनके आगे-पीछे कोई न था। नगर की नाभि से उद्‌भव मूर्ति की तरह पैदा हुए, बड़े हुए दोनों को इस क्षण कुछ नहीं सूझ रहा था। उनके अप्पा-अम्मा का तो कोई पता ही नहीं था। कोई शुभचिन्तक या पालक भी नहीं था। आसावरी को रीमांड होम की खाकी औरतें याद आईं। पोपट को वह बूढ़ा पारसी याद आया जो चर्चगेट के सामने जब पोपट उसके बूट पॉलिश करता था तो वह चार आने ज्यादा देता था। आसावरी पर एक तरह की उदासी छा गयी। पोपट इधर-उधर झाँकने लगा।

वह जिस बॉलपेन फैक्ट्री में काम करती थी, वहाँ छह महीने के लिए अस्थायी रूप से पोपट ने भी काम किया था। वहीं उसे वह मिला था। अच्छे बॉलपनों से रीजेक्टेड अर्थात खराब पेनों को छाँटने के विभाग में वह बड़ी निपुणता से काम करती थी। कभी कुछ थोड़ा-सा इधर-उधर हो जाता तो सुपरवाइज़र आकर सबके सामने उसे डाँट देता। तब तक उसके साथ खिल-खिल करके हँसती, खाना बाँटकर खाती सभी सहकर्मी महिलाएँ उसके इस अपमान के क्षण में जैसे उसके प्रति निःसंगता का भाव दिखाकर अपने काम में ज्यादा व्यस्त हो जाने का अभिनय करती हैं। पोपट को यह देखकर बहुत दुख होता। उसकी नम आँखों की संवेदना के किसी क्षण में उन दोनों के लोक एक हो गये।

सामने जा रही लोकल ट्रेन को देखते हुए पोपट बोला—''हमारे नाम बस जल्दी लिखो। मराठी या हिन्दी में नहीं। मेरे दोस्त को मराठी नहीं आती। इंगलिश में लिखो।''

''तुम को आती है न, तुम लिखो। अपनी वर्षा मैडम से लिखवाकर ले आती हूँ।'' वह बोली।

''नहीं-नहीं, तुम ही लिख दो अभी आधे घंटे में रेडी होना चाहिए। तुम ही लिख दो। बाद में प्लेटफार्म बुकस्टॉल के त्रिपाठी से ठीक करवा लेंगे।''

आसावरी कागज़ को एलबम पर रखकर लिखने लगी—We invite you to our wedding reception at pansawadi chawl on लिखते ही 'उँ हूँ' कहकर

उसे काट दिया। फिर नीचे सफाई से लिखने लगी—Asavari Lekhande marries poppat लिखकर 'ऊँ हूँ' कहते हुए Poppat marries Asavari Lekhande लिख दिया। वे दोनों एक-दूसरे पर उपकार करने लगे। लिखकर फिर काट दिया, फिर पहले की तरह We are getting married लिखकर दायीं ओर पोपट और बायीं ओर आसावरी लेखंडे लिख दिया। इंगलिश में दोनों नाम इकट्ठे लिखे, पढ़े तो लगा दोनों एक साथ अधिकृत व्यवस्था के अन्दर आ गये थे। आसावरी का मन पुलकित हो गया। एकदम दोनों हाथों को कानों पर रखकर आँखें बन्द करके वह अपने भविष्य को अपने अन्दर सोखने लगी। तो उसे रोना आ गया। बैंच पर बैठा पोपट सरक कर उसके पास आ गया और उसे देखने लगा। घर, बर्तन, पगड़ी, तोरण, त्योहार, टूथब्रश, साबुन, खिड़की के पर्दों की दुनियावाले भाग्यशाली नागरिकों के साथ गली में वह भी चल सकेंगे। इस तरह के सहज संसार का भाग्य उनका भी होगा, इसमें इस जोड़ी को कोई सन्देह नहीं था। इस विवाह कार्ड की काँटी-छाँटी इबारत ने उन्हें एक बार उस नार्मल संसार के बहुत करीब लाकर खड़ा कर दिया था।

आँखें बन्द करके बैठी आसावरी के हाथ में पकड़े कागज़ को ध्यान से देखते हुए पोपट ने पहली बार ज़ोर से पढ़ा 'आसावरी लेखंडे'। इस सॉलिड लगते नाम के साथ उसे अपना नाम 'पोपट' बड़ा तुच्छ-सा लगा। सारहीन। क्या यह ठीक नहीं, इसमें कोई भ्रम था। उसको बड़ी बेचैनी-सी हुई। देखा, दो लड़के हलकी-सी सीढ़ी पर चढ़कर सिनेमा के पोस्टर लगा रहे थे। भ्रमपूर्ण आवाज़ में वह बोला, "देखो आसावरी, तुम्हारा नाम कितना ठोस है। किसी अच्छे खानदान से जुड़े नाम जैसा लगता है। इसके सामने मेरा नाम फुस्स! यह कोई आदमी का नाम थोड़ा है। तुम्हारी मराठी में पोपट का अर्थ है तोता, है न? मैं सब एक तोता हूँ, छी:।"

"छी, छी, क्या कर रहे हो? लोग तुम्हें प्यार से इस नाम को बुलाते हैं।" आसावरी के कहते ही "प्यार-व्यार कुछ नहीं। फिजूल नाम है। छोड़ यह बात, बताओ लेखंडे कौन-सी जाति है?"

आसावरी भौचक्की रह गयी। पोपट ने कभी ऐसी बात नहीं की थी। इस भाषा में उसका कोई सम्बन्ध से ही नहीं था। रास्ते में घूमते यतीम बच्चों को वैन में बिठाकर चेम्बूर के रीमांड होम में छोड़ देते। वह वहीं पली बड़ी हुई थी। रीमांड होम में गाना और प्रार्थना सिखाने के लिए लेखंडे बाई नाम की एक औरत आती थी। वह हारमोनियम बजाती तो वह एकदम उसके पास बैठकर गले की नाड़ियाँ उभर जाने तक बड़ी मग्न होकर गाती। इस बच्ची पर प्रेम और दया आने से उसको आसावरी कहकर बुलाने लगी। यह एक राग का नाम है। उस मैडम के जाने के बाद भी होम के सभी लोग उसे लेखंडे बाई की आसावरी कहकर बुलाते। धीरे-धीरे उसका नाम आसावरी

लेखंडे हो गया। जिस माँ को कभी उसने देखा नहीं था, वह उसे माँ की तरह लगती। हलके पीले रंग की साड़ी। उसका कोमल-सा स्पर्श, उस औरत की अस्पष्ट याद इस नाम के साथ जुड़ी हुई थी। इस नाम को हटाकर फेंकने का उसे कोई कारण दिखाई नहीं देता था। यह बात सौ बार वह पोपट का बता चुकी थी। परन्तु अभी सामाजिक बनते दीखते इस क्षण में इस नाम से पोपट को हो रहे संकट को वह कैसे दूर करे, उसे समझ नहीं आ रहा था। इस कार्ड पर लिखी चार पंक्तियों ने उसकी भाषा ही बदल दी थी। यह सोचकर वह डर गयी। झट से अपने नाम से 'लेखंडे' काट दिया। एक भार जैसे उतर गया। 'ख़ुश' कहने की तरह उसने उसकी ओर देखा। "हाँ हमको पालनेवाली मुम्बई किसको किसका नाम देती है? इस तरह हमें मुम्बई का अपमान नहीं करना चाहिए।" हारी हुई आवाज़ में उसने कहा।

सामने से आ रही रेल में हज़ारों नाम आगे-पीछे भागते थे। रुकी गाड़ी में से उतरती भीड़ कैसे शोर मचाती उतर रही थी। उन्हें देखकर पोपट बोला, "देखो आसावरी, यह हरामी, खोटे नसीब इनके, हर एक को अपनी जाति पता है। क्योंकि हर एक को अपने माता-पिता का पता है, इसलिए जाति भी पता है यह जाति को कैसे हाथ में पकड़कर दौड़ रहे हैं? देखो, जैसे चोरी करके आए हों। हम इस मुसीबत से बचे हुए हैं, नहीं? कहकर वह "हा! हा!" करते हुए ज़ोर से हँसने लगा। "देर हो रही है।" कहकर आसावरी उठ खड़ी हुई।

प्लेटफार्म पर पुस्तकों की दुकान में स्टूल पर बैठे घुँघराले बालोंवाले त्रिपाठी ने बड़े ध्यान नये से कागज़ पर साफ-साफ लिखकर दे दिया। दोनों को ख़ुशी से देखते त्रिपाठी ने मज़ाक में पूछा—"कोई खोली देखी है या प्लैटफार्म नम्बर तीन के आखिरी बैंच पर घर बसाओगे?" जब वह टेढ़ा मुँह करके लिख रहा था तो आसावरी बोली, "आजकल, 'शुभकामनाएँ ही उपहार हैं, No presents please' लिखते हैं। हमें भी लिख दें?"

"ये सब अमीरों के स्टाइल हैं बेटी, कोई प्रेम से कुछ दे तो ले लेना। नया घर बसा रहे हो जरूरत पड़ेगी।" कहकर त्रिपाठी ने कागज़ पकड़ाया फिर कहा—"भगवान तुम्हारा भला करे!" दोनों को लगा, समस्त जगत की ओर से उसने आशीर्वाद दे दिया था। वे उसके पाँव छूना चाहते थे। परन्तु किताबों के ढेर के पीछे उसे पाँव पता नहीं कहाँ थे? खड़े-खड़े ही वे आधा झुक गये। समझ आ जाने पर त्रिपाठी ने 'ख़ुश रहो' कह दिया। दोनों वहाँ से चल पड़े तो पीछे से बोला—"ए पोपट, तुम पोपट ही रहोगे क्या? तुम्हारा नाम कार्ड पर शोभा नहीं देता। कोई नया नाम रख लो। नया नाम, नयी ज़िन्दगी" कहकर उसने हाथ हिलाया।

सीढ़ियाँ चढ़कर लोहे के पुल पर दोनों रेलिंग पर झुककर खड़े हो गये।

वहाँ से चार प्लेटफार्म दिखाई देते थे। रेल की लाइनों पर दुपहर का सूर्य जैसे आत्महत्या करने के लिए लेटा हुआ था। अचानक पोपट घूमते हुए लट्टू की तरह उछल पड़ा। उसका सारा वजूद पंजे पर खड़ा होकर जैसे नये नाम की भीख माँग रहा था। "आसावरी, त्रिपाठी ठीक ही कह रहा था। मुझे एक मौका मिला है, जल्दी से कोई नाम बताओ।" कहकर वह भावुक हो गया। उसकी पीठ पर हाथ रखते हुए आसावरी ने कहा, 'छी'। उसके कुछ और कहने से पहले ही वह बोल उठा—"छी भी नहीं, और छू भी नहीं, जल्दी कोई नाम ढूँढ़ो, स्टाइलिश नहीं चाहिए, सुन्दर भी नहीं, बस मुझे एक नया नाम चाहिए—जल्दी तीन बजे के अन्दर मुझे कार्ड प्रेस में देना है।" कहते हुए उसने आसावरी की बाँह पकड़कर उसे खींचा। आसावरी को कुछ सूझ नहीं रहा था। एक रेल आकर पुल के नीचे खड़ी हो गयी। उनके पैरों के नीचे हज़ारों नाम उतरकर चले गये थे। तोबा! कितनी तरह के नाम थे। हर एक की निश्चित मुख मुद्रा, कपड़े, याद, गन्ध। हर एक का अपना स्वर्ग, अपना नरक था। आसावरी को बाँह से हिलाते हुए वह बोला—"स्वप्निल, हाँ स्वप्निल कैसा है? एक बार टी.वी. पर सुना था। लिखो-लिखो जल्दी लिखो स्वप्निल। स्पैलिंग नहीं आते तो त्रिपाठी से पूछ आओ।" कहकर वह आवेश से काँपने लगा। किसी दूसरे लोक को जा रहे विमान के पंख पकड़कर वह लटकता दिखाई दे रहा था।

इस छोटे-से आकार के विवाह-निमन्त्रण से उसे अपने विश्वास का साम्राज्य झूठा पड़ता दिखाई दिया। आसावरी ने डरकर उसके दोनों कन्धे पकड़ते हुए कहा—"क्या हो गया पोपट, सब ठीक तो है पोपट? मेरा पोपट नहीं तू?" धीरे से कहकर उसे देखने लगी। नये नाम की तीव्र इच्छा से उसकी आँखें दूसरी तरह की लग रही थीं। 'अभी अगर न बचाया गया तो सर्वनाश हो जाएगा।' विवाह को नष्ट करने की योजना बना रहे निमन्त्रण-पत्र को फाड़कर उसने उसका गोला बनाया और उसे जोर से फेंकने के लिए हाथ उठाया, फिर वह मानो किसी का दिया भगवान का प्रसाद फेंकने से डरकर अचानक रुक गयी। कागज़ के उस छोटे से गोले को उसने अपने पर्स में रख लिया। 'वह उसे कहाँ फेंकेगी, वह किधर जाकर गिरेगा', आँखें फैलाये बेबस होकर देख रहे पोपट को उस क्षण दूर से दिखाई देता टूटा हुआ फ्लाईओवर, खम्भे, भागते हुए ट्रक, जल्ली मिक्सर, नज़दीक आ रही रेल—ये सब बच्चों के खेल के सामान की तरह दिखाई दिए।

आभूषण

—नागवेणी एच.

होनेकट्टे के समुद्री तट पर नमक के सत्याग्रह का बड़ा ज़ोर-शोर था। तट पर चूल्हा जलाकर समुद्र के पानी को उबालकर नमक बनाने के निषेध कानून को तोड़कर नमक बनाने का काम चल रहा था।

''नमक की लड़ाई के लिए चलो रे लोगो
नमक की लड़ाई के लिए चलो रे भाई।''

इस गीत को मारप्पा शेट्टी आवेश में आकर ऊँची आवाज़ में गा रहा था। उसके पीछे कुछ दूसरे लोग उसी लय में गा रहे थे। नमक के कानून को तोड़ने के दृढ़ संकल्प में मारप्पा उस दिन अपने ब्याह के महूर्त को भी भूल गया था। वह तो भूल गया, परन्तु बेटी का पिता वैंकप्पा राय कैसे भूल सकता था? प्रचुर दहेज देने पर भी उसकी बेटी को ऐसा वर नहीं मिल सकता था। महूर्त की घड़ी जैसे-जैसे नजदीक आ रही थी, उसकी साँस घुटती जा रही थी। वैंकप्पा राय ने नमक के कानून को भंग करने के लिए यत्न में लगे हुए मारप्पा को बुलाने के लिए अपने भाई अन्तप्पा राय को भेजा। मारप्पा मिट्टी के मटके में उबले रहे नमकीन पानी के नीचे चूल्हे में लकड़ी डाल रहा था। शादी के घर की रौनक और शोर भूलकर मिट्टी के मटके के साथ बातचीत कर रहे वर को देखकर अन्तप्पा राय बोला, ''महाराज नमक बनाना बन्द करो और चुपचाप शादी के मंडप की ओर बढ़ो।'' इर्द-गिर्द के शोर के कारण अन्तप्पा राय की बात मारप्पा के कानों में नहीं पड़ी तो उसके पास जाकर उसकी पीठ थपथपा कर उसने फिर वही बात कही। चूल्हे के सामने बैठे देशभक्त मारप्पा का ग़ुस्सा भड़क उठा। नमक के कानून को भंग करने में लीन उसकी एकाग्रता भंग हुई तो गुस्से में आकर चूल्हे से जलती लकड़ी निकालकर अन्तप्पा के पीछे पड़ गया। इतनी देर में लाठी पकड़कर खड़े सिपाही नमक के सत्याग्रही के पीछे भागने लगे। दूसरे दो सिपाहियों ने मटका तोड़ दिया और चूल्हे से लकड़ियाँ निकालकर इधर-उधर फेंक दीं और मारप्पा के पीछे भागने लगे। वह सिपाहियों से बच गया। दोनों पक्ष एक-दूसरे

के सामने हुए तो शादी के मंडप में ही।

मारप्पा के मामा उबैय्या शेट्टी ने वह महाराज को पकड़कर सिर पर पगड़ी रख दी और शादी के कपड़े पहना दिए और शहनाईवालों को शहनाई बजाने के लिए कहा। लाठी पकड़े सिपाही वहाँ आए तो मारप्पा को पहचान ही न सके। वह मिठाइयाँ कुछ खाकर कुछ जेबों में भरकर लौट गये। किसी तरह वैंकप्पा शेट्टी की पुत्री दारु की शादी हो गयी। जैसे घर में बदबू फैला रही लाश को घर से निकाल कर बाहर रख दिया हो, जैसे घर से बला टली हो, छाती से भार उतरा हो, दादी ने सुख की साँस ली।

वैंकप्पा राय के तीन पुत्रों के बाद पैदा हुई दारु घर की रोशनी थी। पिता और भाइयों के कन्धों पर बैठकर बड़ी हुई दारु का बचपन खुशियों से भरा था। पैदा होते ही वह हर एक की आँखों का तारा बन गयी। केले के तने की तरह सुन्दर, कोमल, विनय भरी और शर्मीली। गाँववाले दारु को भाग्यशाली मानते थे।

दारु का बचपन बीत गया। हेमन्त की ऋतु बीती और चुपचाप शिशिर के आने पर दारु ने यौवन में पाँव रखे, पर इस अवस्था के साथ उससे परिवार के लिए बड़ी भारी समस्या पैदा हो जाएगी, किसी ने सपने में भी नहीं सोचा था। सारे गाँव की आँखों को चुँधिया देनेवाली सुन्दर दारु को उसके पिता ने मठ के स्कूल से हटा लिया। अपने पिता दूमन राय की बात की परवाह न करते हुए भी वैंकप्पा राय ने उसे स्कूल भेजा था। बेटी बचपन से जवानी की ओर बढ़ने लगी तो मठ के मास्टर शेषय्या जी को दो बोरी धान देकर बेटी को स्कूल से हटा लिया।

इधर दारु लम्बी-ऊँची हो रही थी तो घरवालों की चिन्ता भी उसी तरह बढ़ती जा रही थी। बेटी के माहवारी शुरू नहीं हुई थी। इस चिन्ता में राय और उनकी पत्नी पदक्का घुलते जा रहे थे। जो भी पत्थर के भगवान दिखाई दिए उन्होंने उनके आगे हाथ जोड़े, नमस्कार किया, मन्नतें मानीं, कितनी जगह दान दिया। नागिन दोष के लिए नाग दर्शन, नागमंडप सभी कुछ किया परन्तु पुत्री रजस्वला न हुई।

अब आगे क्या किया जाए! वैंकप्पा राय को कुछ समझ नहीं आ रहा था। यह ऐसा संकट भरा विचार था जिसे न वह उगल सकते थे, न निगल सकते थे। बेटी रजस्वला नहीं हुई, यह ख़बर गाँववालों को पता चल गयी तो यह बदबू की तरह फैल जाएगी। हाथ पर हाथ रखकर बैठ भी तो नहीं सकते थे। गाँव के किसी सयाने की सलाह लेने के लिए चुपचाप मारी मन्दिर के वरदनायक को मिलने चले गये। नायक ने झट से कूड़ गाँव के कुमेरी बोगो पंडित के बारे में बताया, "वह नाड़ी देखकर सबकुछ बता देगा, बस आपका काम हो जाएगा।" वैंकप्पा राय अपने खेतों में काम करनेवाले पिजिन को साथ लेकर बेटी के साथ घोड़ागाड़ी में चल पड़े। कूड़ गाँव में बहती नदी पर पुल नहीं था। कूड़ गाँव तक गाड़ी

में गये और आगे नाव में बैठ कर नदी पार करके कुमेरी बोगो पंडित के पास आ गये। पंडित नाड़ी देखकर कुछ बताएगा, वह इस इन्तजार में थे, पर उसने मुँह न खोला और रोग के बारे में कुछ न बताया। सभी नस-नाड़ी, इधर-उधर टोहकर, दबाकर देखा और कहा, "यह तो शिखंडी है, स्त्री होने के लिए जो चाहिए इसमें नहीं है।" फिर जल्दी से बोला, "आप सीधा इसे शहर के अस्पताल में ले जाओ। राय को लगा किसी ने उसके सिर पर पत्थर मार दिया हो। उसी क्षण से दारु साँस लेती लाश बन गयी। पंडित बोगो की बताई ख़बर पिजिन के लिए ऐसी थी मानो भूखे कुत्ते को जैसे किसी ने माँस फेंक दिया हो, उसकी जीभ को भारी ख़ज़ाना मिल गया। ऐसी ख़बरें पिजिन को बहुत प्रिय थीं। जंगली सुअर के चर्बी चबाने की तरह वह दूसरों की ख़बरें चबाता था। राय को बेटी की चिन्ता के साथ पिजिन की चिन्ता भी सताने लगी। उसके कानों में ऐसी ख़बर का पड़ना गाँव के बीच मरे हुए कुत्ते को फेंकना था। उसने अगर सभी ओर यह ख़बर फैला दी तो? साँप का फन जैसे मेंढक के मुँह में फँस गया हो, राय की दशा ऐसी हो गयी थी।

चिन्ता में डूबे हुए राय ने सोचा इसे शहर के अस्पताल में ले जाना ठीक न होगा। पिजिन को घोड़ागाड़ी समेत वापस भेजकर वह दारू के साथ नाव में बैठकर मंगलौर के अस्पताल की ओर चल पड़े। डॉक्टर ने दारु की जाँच की। "इसका तो गर्भकोश ही नहीं है, इसी लिए यह रजस्वला नहीं हुई।" इतना कहकर डॉक्टर ने अपना काम निपटा दिया।

शवसंस्कार करके वापस आने की तरह वैंकप्पा राय दुखी हृदय से घर आए। घर पहुँचने तक पिजिन द्वारा यह ख़बर उनके सारे गाँव में फैल चुकी थी। 'शेट्टी की बेटी शिखंडी है।' वैंकप्पा राय सुन्न हो गये। बैठनेवाली चौकी ने ही काट लिया था। वह रो पड़े। बेबस से हो गये। जिस दिन से दारु को शिखंडी पद मिला उस दिन से वह रसोईघर में बन्दी हो गयी। बाहर का जगत उससे दूर हो गया। आग जलाने और बुझाने में उसने कितने ही वसन्त बिता दिए। लोगों की बात सुन-सुनकर जवान दारु यम-यातना भोगती। चार साल बीत गये। उसके भाइयों की शादी हो गयी। धीरे-धीरे उसकी भाभियों ने उस पर हुक्म चलाना शुरू कर दिया। बेटी के भविष्य के बारे में सोच-सोचकर कृश हो गयी माँ पदक्का। दादी की भी यही दशा थी। दोनों रोती रहतीं। दारु उनको सान्त्वना देती, कहती—"आप रो-रोकर अपनी देह क्यों खराब कर रही हो, भगवान की इच्छा से ही सभी कुछ होता है। आप रोती हो तो मुझे लगता है इस घर के लिए मैं बोझ हूँ।" दारु के ऐसे कहने से वे कुछ देर के लिए चुप कर जातीं। परन्तु फिर वही पीड़ा, वातरोग में घुटनों में होती पीड़ा की तरह।

मारप्पा की पत्नी बनकर कायलचीलू घर की बहू बनकर आने के बाद उसकी

दिनचर्या बदल गयी। वह अपनी मर्ज़ी से उठती-बैठती। उसे कोई रोक-टोक नहीं थी। सास के घर आकर उसने रसोईघर की ओर देखा भी नहीं। पहले की तरह सास ही खाना पकाती। पति की आठमुड़ी ज़मीन के साथ पिता के द्वारा दी गयी चार मुड़ी जमीन थी। खेतों को देखने की ज़िम्मेदारी दारु की हो गयी। अगर उसकी सन्तान भी हो जाती तो वह मायके न जाती। उस घर को उसने भुला दिया था या भुलाने का दिखावा करती थी। मारप्पा की माँ पहले की तरह खाना पकाने का काम करती रही। मारप्पा स्वतन्त्रता संग्राम में पूरी तरह डूबा हुआ था। तिंगड़राय के साथ खादी प्रचार के लिए जाता तो हफ्तों भर घर से बाहर रहता। घर की याद आ जाती तो आता। घर में आकर भी चरखे के सामने बैठकर सूत कातता रहता। "दाढ़ी में सफ़ेद बाल आ गये हैं परन्तु अक्ल अभी तक नहीं आयी।" माँ बुड़-बुड़ करती कहती तो वह आगे हूँ-हाँ कुछ भी न कहता। काते हुए सूत को जोरु शेट्टी के घर देने जाता तो किसी को पता न होता कि वह वापस कब आएगा?

पत्नी के आ जाने पर 'मुझे इस आयु में पत्नी के साथ रहना क्या अच्छा लगता है?' उसे तो मर्द का आसरा चाहिए था, बस। वह सोचता। दारु को एक नज़र भी देखे बिना मारप्पा दिन-रात देश सेवा के काम में लगा रहता। उसने ठीक से पत्नी का चेहरा भी नहीं देखा था।

दारु ने अपने हिस्से में आए जीवन को सन्तोषपूर्वक स्वीकार कर लिया था। उसने अपने ही एक संसार की सृष्टि कर ली। पति की निर्लिप्तता देखकर दुख होता तो वह भी चरखा कातने लगती। उस समय उसे मायके में काटे संकट के दिन याद आ जाते वे घाव तो भर गये थे, पर उनके निशान उसी तरह बने रहे।

वैंकप्पा राय की बेटी दारु शिखंडी है, यह ख़बर गाँव में फैलने के बाद लोग अपने कौतूहल को रोक न पाते और किसी-न-किसी बहाने आदमी भी और औरतें भी उनके घर आ जातीं। दारु की छाती, नाक, नाक का कोका बड़े ध्यान से देखते और सोचते—शिखंडीपन कहाँ है? देखने में तो बिलकुल औरतों जैसी ही है। मूँछ-गोछ कुछ नहीं, छाती भी ठीक है, फिर क्या नहीं है? लगता है वह ही नहीं है...

कई तो जब दारु घुटनों पर सरकती थी उस समय के बारे में सोचते उस बच्ची में सभी अंग तो थे। दारु गाँववालों के कौतूहल और व्यंग्य का निशाना बन गयी थी। पिता वैंकप्पा राय में मुँहफट लोगों का सामना करने की शक्ति नहीं थी। आग की बारिश में मोम की छतरी पकड़ने जैसा हाल था उनकी। वह चुप रहे जाते। दारु रसोई घर में चूल्हे के साथ ही अपना दुख बाँटती रहती। हिलना-डुलना भूल गये झुमके की तरह था उसका जीवन। दुख भरे समय में ख़ुशी लेकर आयी मारप्पा

की माँ सूरक्का।

सूरक्का दारु को अपनी बहू बनाने के लिए मान गयी। वह क्यों और कैसे मान गयी उसका और ही कारण था। बेटे पर खादी प्रचार का भूत सवार था, घर में विधवा माँ को अकेली छोड़कर गाँव-भर में घूमता था। माँ का विचार था कि अगर सबकुछ ठीक-ठाक होनेवाली के साथ उसकी शादी हो जाएगी तो वह दुखी रहेगी क्योंकि बेटा तो घर में टिकनेवाला नहीं, इसलिए दारु को घर लाने के लिए बेटे की बात का उसने विरोध नहीं किया। लोहे को पीतल से टाँका नहीं लगाया जा सकता। इसके साथ शेट्टी ने कितना पैसा, जायदाद जमीन गहने दिए थे! उसका मुँह बन्द हो गया। उसने लोगों की किसी बात की ओर ध्यान नहीं दिया।

मारप्पा से दारु की बात पता चलने पर पिजिन की पत्नी पिचलू नारियल के पत्तों की चटाई बुनने के बहाने सूरक्का के घर आयी। दारु के स्त्रीत्व के बारे में कई तरह सूँ की बातें करके उसके कान भरने लगी। पहले, तुम्हारे पास जो है उसको सम्भाल के रखो फिर दूसरों के बारे में बात करना। कहकर सूरक्का ने गाँववालों का मुँह बन्द कर दिया।

जो नहीं मिला उसके बारे में दुख क्यों—? मेरे भाग्य में यही था, सोचकर दारु ने पति की अवज्ञा को स्वीकार कर लिया था। कायलचीलू घर में चार साल बीत गये। एक दिन दारु और सूरक्का आँगन में बैठी इमली के बीज निकाल रही थीं। खादी बाँटने बाजार में गया मारप्पा नयी ख़बर लेकर आया, शिवरात्रि के समय गाँधी जी आ रहे थे। ख़बर सुनकर ख़ुश हो गयी दारु ने सिर ऊपर उठाकर सास की ओर देखा। सूरक्का ने ऐसा मुँह बनाया जैसे अरंडी का तेल पी लिया हो। "वह क्यों बार-बार यहाँ आता है? क्या काम है उसे यहाँ?" कहकर उसने तेवर चढ़ा लिये।

छह-सात साल पहले भी गाँधी मंगलौर आया था। सूरक्का गाँधी को देखने के लिए बेटे के साथ गयी थी। घर से पैदल चलकर काइरु नदी पार करने के लिए ईयेरे में नाव का इन्तजार कर रहे थे तो ज़ारु सेट्टी अपनी बेटी जानकी के साथ वहाँ आ गया। जानकी गहनों से लदी हुई थी। उन्होंने नदी पार की और मंगलौर पहुँचकर गाँधी के आने का इन्तजार करने लगे। गाँधी ठीक समय पर आ गये। हड्डियों का ढाँचा शरीर लिए वह व्यक्ति स्टेज पर न जाने किस भाषा में बोलने लगा। उसकी बातें सुनकर लोग तालियाँ बजाते, 'भारत माता की जय' बोलते, लोगों में ख़ुशी और उत्साह था। सूरक्का को कुछ समझ में न आया। वह दुबले-पतले गाँधी को एकटक देख रही थी। उसके चेहरे पर एक मुट्ठी माँस भी नहीं था। छिपकली जैसे दुबले मनुष्य को लोग क्यों इतना आदर सत्कार दे रहे हैं? उसने बहुत सोचा

पर कुछ समझ नहीं आया। अचानक लोग स्टेज पर जाकर गाँधीजी को धन अर्पण करने लगे। जानकी अपने हाथों से बनाया खादी का एक कपड़ा गाँधीजी को भेंट करने के लिए ऊपर गयी। गाँधीजी ने खादी का कपड़ा लेकर उससे देश कल्याण के लिए कुछ गहने भी माँग लिए। पास खड़े पिता ने हार उतारकर देने के लिए बेटी को कहा। जानकी देने के लिए राज़ी न थी। उसने पिता को क्रोधित दृष्टि से देखते हुए डरकर हार उतार कर दे दिया।

हतप्रभ हुई सूरक्का की जैसे हृदय की धड़कन बन्द हो गयी। उसने अपने गले में पड़े हार को साड़ी से ढँक दिया। इतने में मारप्पा ने वहाँ आकर माँ को हार उतारकर गाँधीजी को देने के लिए कहा। सूरक्का ने बेटे को इस तरह देखा जैसे उसे पूरा निगल जाएगी। ''ए मूर्ख, यह तुमने बनवा के दिया है? तेरे अप्पा ने खून-पसीने की कमाई करके बनवा के दिया था। यही एक गहना है मेरे पास।'' कहकर सूरक्का ने मुँह फेर लिया। गाँधी कहीं उसे बुलाकर हार देने के लिए न कह दें, उसने अपनी साड़ी को गर्दन के गिर्द लपेट दिया। डरकर सिर नीचा करके बैठी रही। सिर ऊपर किया सभा ख़त्म होने के बाद।

अभी बेटे की लाई ख़बर सुनकर उसका पारा चढ़ गया। वह तीन मुट्ठी भर के गाँधी के आने की देर है, मारप्पा तो घर से गायब हो जाएगा। गलियों में घूम- घूमकर गाँधी के लिए पैसे इकट्ठे करता फिरेगा। इतना ही करे तो कोई बात नहीं, सूरक्का सहन कर सकती थी। अगर पैसा देने के लिए अपने घर की भैंस-बैल, धान, नारियल बेचना शुरू कर दे तो? इसीलिए गाँधी से सूरक्का को इतनी चिढ़ थी। परन्तु दारु को गाँधी जी बहुत अच्छे लगते थे। पहले दो बार जब वह मंगलौर आये थे तो रसोईघर की खिड़की से झाँकते हुए उसने गाँधीजी के बारे में कई बातें सुनी थीं।

गाँधी जी रेल गाड़ी से उतरे तो गिरिजाघरवालों ने घंटे बजाकर, मस्ज़िदवालों ने बैंडबाजे के साथ और हिन्दुओं ने शंख नाद के साथ उनका स्वागत किया और भजन मंडली के साथ भारी जुलूस निकालकर उन्हें गणपति मन्दिर के रास्ते से लेकर आए थे।

विदेशी कपड़े त्याग कर खादी के कपड़े पहनो, स्कूलों में बच्चों को तकली पर सूत कातना सिखाओ, नीची जातिवालों को मन्दिर में आने दो और उनके साथ बैठकर खाओ, गाँधीजी यह सब अनुरोध करके कहते। इस तरह की कई बातें उसने सुनी थीं। अभी उसका पति जो ख़बर लाया सुनकर दारु को ख़ुशी हुई। उसकी सास ने यह ख़बर सुनकर ऐसा मुँह बना लिया था, जैसे गोबर खाया हो। दारु सोच में पड़ गयी। समझ न आने पर चुप रही। इमली के बीज निकालने का काम छोड़कर सूरक्का के बरामदे में बैठे पुत्र को गुड़ और पानी देने गयी ''इस बार गाँधी आएगा तो पैसा-वैसा नहीं दोगे?'' उसने व्यंग्य भरे गुस्से से पूछा।

"तुम गाँधी की बात मत करो, उनको क्या देना है, क्या नहीं देना है मुझे पता है।" कहकर बुड़बुड़ करता वह जारु शेट्टी के घर चला गया। दारु को पति और सास के बीच हुई बात कुछ समझ में न आयी। वह पति को जाते देखती रही। उस दिन का गया मारप्पा तब घर लौटा जब गाँधी जी के आने में एक दिन बाकी रह गया था।

उस दिन बड़ी तेज़ी से आकर उसने सीधे घर के आँगन में खड़े होकर दारु का नाम लेकर उसे पुकारा। उसकी माँ चकित हो गयी। सामने आकर खड़ी हुई दारु को वह दो घड़ी एकटक देखता रहा। इस तरह उसने पत्नी को आज तक नहीं देखा था। इस तरह देखते हुए ऊँची आवाज़ में उसे सभी गहने उतारने को कहा। उस आवाज़ के रूखेपन से घबराकर दारु गिरनेवाली ही थी उसने अपने आपको सँभाला। गहने क्यों उतारूँ? वह पूछनेवाली ही थी कि सूरक्का बीच में बोल पड़ी, "उसके गहने क्यों....उस गाँधी को देने के लिए! दो! दो! इसीलिए उसके बाप ने गहने दिए थे?" माँ की बात की परवाह न करते हुए उसने गरजकर पत्नी को गहने उतारने के लिए फिर कहा। दारु चुपचाप खड़ी रही। मारप्पा का ग़ुस्सा हद से बाहर हो गया। "ए शिखंडी यह पहनकर क्या करेगी? एक औरत का जो गहना है वह तुम्हारे पास है? यह सोना पहनकर तुम क्या करोगी? गाँधीजी को देकर पुण्य कमा लो।" उसने चिल्लाते हुए कहा।

इतने वर्षों से मन में दबाकर रखी पीड़ा, ग़ुस्सा, घृणा सभी एक-दूसरे से आगे निकलने के लिए धम्म-धम्म करते हुए उठ पड़े। उसका हाथ पकड़नेवाले ने इस तरह उसके स्त्रीत्व का अपमान किया, मज़ाक उड़ाया। आग बुझाने के लिए पानी डालनेवाला हाथ ही घी डाल रहा था। दारु वहीं पड़ी एक चौकी पर बैठ गयी। उसका मन दुखी हो गया, पर वह रोयी नहीं। मन में उमड़ रही भावनाओं को, बेचैनी को थोड़ा काबू करके वह उठी और कानों, हाथों और गले से सब गहने उतारने लगी। पति की मन को चीर देनेवाली बातें उसके अन्तरंग की पीड़ा के कुएँ में उतरकर एक हुक की तरह सभी कुछ कुरेदने लगीं। दारु की अन्तरंग की पीड़ा को, देह की लालसाओं, नैसर्गिक ज़रूरतों को समझनेवाला कौन था? यौवन की भावनाओं, मन में उठते तूफान के बारे में, एक औरत खुलकर किससे बात कर सकती है, किसके साथ मन की व्यथा बाँट सकती है...पिता के साथ, माँ के साथ, भाई-बहनों के साथ या पति के साथ? क्या उसकी आशाओं और भावनाओं का दूसरे अन्दाज़ा लगा सकते थे?

गाँववालों ने दारु को शिखंडी की पदवी देकर हमेशा के लिए अँधेरे भरे जीवन में धकेल दिया तो उसने अपने तन में निरन्तर पैदा होते प्रेम, काम को

शान्त करने के लिए कोई रास्ता न मिलने पर अपने हिस्से में आये जीवन और देह के सत्य को मानकर धीरे-धीरे मन को कठोर बना लिया था।

मारप्पा का हाथ पकड़ने के बाद उसकी समीपता, प्यार भरी बातें, प्रशंसा आदि सभी औरतों की तरह वह भी चाहती थी। वह चाहती थी कि उसका पति उसे प्रेम से सीने से लगा ले, उसके अकेलेपन के अहसास को दूर कर दे, परन्तु पति के मन में उमड़ते देशप्रेम के कारण पत्नी के मन की इच्छाओं को नहीं समझ सका था। धीरे-धीरे दारु को दाम्पत्य जीवन नीरस और शुष्क लगने लगा। उसकी इच्छाएँ ख़त्म होने लगीं, प्रणय के प्रति अन्तरंग में एक तरह का वैराग्य छाने लगा।

आज पति के द्वारा औरत की देह के गहने के बारे में व्यंग्य भरी बातें उसको बेध गयीं और साथ ही उसके मन में कई प्रश्न उठने लगे। औरत के लिए तो वही गहना है, परन्तु पुरुष का गहना कौन-सा है?

हमारे दाम्पत्य जीवन में कौन-सा गहना किसका है? कहाँ है? कैसा है? बतानेवाला कौन है? देखनेवाला कौन है?

आज तक घर का कोई भी उत्तरदायित्व लिए बिना अपनी मर्ज़ी से रहनेवाले पति ने मानवीय अन्तःकरण से बड़ा और कुछ न मानकर, गाँववालों के मज़ाक, उपहास की परवाह किए बिना उससे शादी कर ली। आज अचानक अपने स्त्रीत्व का अपमान दारु से सहा न गया। मन को पत्थर बनाकर उसने तन से सभी गहने उतार कर चौकी पर रख दिए, फिर अन्दर जाकर लकड़ी की पेटी खोलकर उसमें पड़ा पीतल का चौरस डिब्बा निकाला, और उससे बालों के क्लिप, बाजूबन्द, कमरबन्द, पायल, कंगन, टीका सब चौकी पर उलटा दिए। डिब्बे के अन्दर लपेटकर रखा कपड़ा निकाला और सारे गहने उसमें बाँधकर बरामदे में मुँह फुलाए खम्भे के सहारे बैठे पति की जाँघ पर रख दिए।

दूसरी ओर बैठी अभी तक चुपचाप देख रही सूरक्का की तो साँस ही रुक गयी। वह इस तरह ज़ोर से चिल्लाई जैसे छत ही उड़ गयी हो। गाँधी की सन्तान को शायद देती माँ की गालियों से बचने के लिए हाथ में पकड़ी गहनों की पोटली लेकर भागने की सोच राह मारप्पा जल्दी से बरामदे की सीढ़ियाँ उतरने लगा। बेटा बहू के गहने गाँधी के लिए लेकर जा रहा था, उसे सहन न करते हुए सूरक्का फिर जोर से चिल्लाने लगी।

दारु सास की गरज रही आवाज़ सुनकर धीरे-से बोली, "अम्मा, आप चुप कर जाओ ये गहने पहनकर मैं क्या करूँगी? गाँधीजी को देने से तो पुण्य मिलेगा। उससे शायद आपके पुत्र को स्त्री के स्त्रीत्व को ढूँढ़नेवाला पुरुषत्व मिल जाए।"

दारु की बात सुनते ही मारप्पा गहनों की पोटली पकड़े वहीं बरामदे में धम्म से बैठ गया।

कैसा अपना जीवन

—एस. रेणुका

क्या है जीवन!

उजाला होने से पहले नींद खुल गयी। सभी रविवार ऐसे ही होते हैं। अँधेरे में 'घर' में बातों की आवाज़ आती रहती है। दिन होने में भी कितना समय लगेगा? दिन शुरू होते दस बज जाते हैं। चार-पाँच घंटे अभी और बिताने पड़ेंगे। बाथरूम जाना था, परन्तु बैल बजाने को मन नहीं किया और थोड़ा समय बीत जाए। ऐसे ही लेटे रहने को मन किया। लेटे रहने में क्या है? सारा जीवन ही ऐसे लेटे रहना है। नहीं? इस 'घर' में आए कितने दिन हो गये हैं? छह महीने हो गये होंगे। छह महीने! अकेले जीवन बिताना कितना कठिन है। अकेले का क्या मतलब! एक तरह से अकेले ही! इस तरह के अकेले इस घर में बहुत लोग हैं। अम्मा बताती थी मेरे जैसे बहुत से लोग यहाँ रहते हैं। सभी किसी-न-किसी तरह अकेले ही हैं। यहाँ रहनेवालों का अपना अलग ही जगत है। सभी एक-दूसरे की आँखों के सामने हैं, पर कोई किसी का नहीं है। इस 'घर' में कौन-कौन आते हैं, कौन-कौन चले जाते हैं! कई लोग मरने के बाद जाते हैं, कई तो जाते समय बताकर जाते हैं, पर कइयों का तो पता ही नहीं चलता कि वे चले जाएँगे।

अम्मा जल्दी क्यों नहीं आती? आती भी सप्ताह में एक दिन है। इसे छुट्टी ही उस दिन मिलती है। शेखर अंकल को भी तो आना है। अंकल से मुझे किसी प्रकार को द्वेष नहीं है। शुरू-शुरू में एक-दो बार ग़ुस्सा आया था। उन्होंने मेरी अम्मा को मुझसे छीन लिया था। परन्तु मेरी तरह ही अकेली अम्मा के जीवन में वह एक साथी बनकर आया था। मुझे तकलीफ़ हुई पर अम्मा के लिए अच्छा हो गया था। अम्मा ने जीवन में कितने दुख झेले हैं! सभी मेरे कारण! मैं भी अगर अप्पा की उस दुर्घटना में मर जाती तो अम्मा को यह कष्ट न देखने पड़ते। अब तक दूसरी तरह का जीवन व्यतीत कर रही होती। जीवन में अचानक कितना बदलाव आ सकता है! मेरा यह किस तरह का जीवन है? सारा जीवन बिस्तर

में या व्हील चेयर में बिताना!

सूर्य के ऊपर उठते-उठते सारा कमरा रोशनी से भर गया। हाथ को बड़े यत्न से एक ओर करके स्विच दबा कॉल बैल बजाई। सीतम्मा ने आकर मच्छरदानी ऊपर करके मुस्कराते हुए गुड मॉर्निंग कहा। मैंने भी गुड मॉर्निंग कहा। वह आगे झुकी और मुझे उठाकर बाथरूम की ओर चल पड़ी। मैंने चेअर के लिए कहा तो 'बाद में लाती हूँ' कहकर बाथरूम में मेरे पकड़े उतारकर कमोड पर बिठा दिया। मैंने सहारे के लिए बने खम्भे को जोर से पकड़ लिया और उसकी ओर देखते हए थैंक्स कहा। सीतम्मा मुस्कराते हुए चली गयी।

शर्म, अपमान, और झिझक सभी को ज़बरदस्ती छीन लिया गया था। ज़बरदस्ती अर्थात मेरी बेबसी के कारण। पहले जब पता चला कि अम्मा मुझसे दूर जा रही है तो आत्महत्या करने की कोशिश की। मैं अपने आप मर भी नहीं सकती, यह मुझे तब पता चला था। बैल बजाते ही सीतम्मा मुस्कराते हुए आ जाती है। कई बार मन में ख़्याल आता बैल बजाते ही यमदूत भी अगर इसी तरह मुस्कराते हुए 'गुड मॉर्निंग' कहता तो कितना अच्छा होता! महाभारत के भीष्म की तरह इच्छामृत्यु हो तो कितना अच्छा होता। मेरा बिस्तर भी तो एक तरह से शरशय्या ही है।

अभी तो पहले जैसी बेचैनी नहीं रही। सभी की तरह भागना, बातें करना छूट गया, कोई भी काम न कर सकने की स्थिति में कैसे आ गयी मैं? मुझे छोड़कर अम्मा ने ऑफिस जाना शुरू किया तो मैं कितना रोई थी, कितनी दुखी हुई थी!

सीतम्मा ने मुझे नहलाकर मेरे कपड़े बदल दिए। बालों में कंघी करते हुए बोली, "आज अम्मा आएगी?" मैंने हाँ में सिर हिला दिया। हँसते हुए इधर-उधर की बातें कीं उसने। सीतम्मा हमेशा हँसती रहती है। दूसरों की गन्दगी साफ़ कर स्नान करवाते हुए, बाथरूम धोते हुए उसे कभी घृणा नहीं हुई, कुछ बाध्यता नहीं लगती। यह सब कुछ वह कैसे करती थी? जब छोटी थी तो कितनी बार कपड़ों में ही शौच कर देती और अपनी बेबसी के कारण गुस्से में अम्मा पर चीखती-चिल्लाती थी। अम्मा भी तंग नहीं हुई थी। एक दिन भी मेरे साथ नाराज नहीं हुई थी, ग़ुस्सा नहीं किया था। अब यह सभी याद आता है तो मन को खराब लगता है। मेरी देखभाल करने में वह भूल गयी थी कि उसका अपना एक जीवन है। सीतम्मा मुझे नाश्ते खिलाते हुए जाने क्या-क्या बातें कर रही थी। मुझे कुछ सुनाई नहीं दे रहा था। मैं अम्मा के बारे में ही सोच रही थी। बीच-बीच में टेढ़ी आँखों से घड़ी को भी देख लेती।

अम्मा के आने में अभी एक घंटा बाकी था। मैं व्हील चेयर पर बैठी थी, सीतम्मा ने व्हील चेयर लाकर बरामदे की दीवार के पास खड़ी कर दी और खुद

अन्दर चली गयी। मेरे जैसे कितने और लोगों का भी उसे काम करना था मुझसे पहले बरामदे में मेरे जैसे कुछ और लोग भी बैठे हुए थे। मेरा किसी से बात करने का मन नहीं कर रहा था। मैं अम्मा के बारे में सोच रही थी।

एक घंटा इन्तजार करना बड़ा कठिन है। मेरी सारी बेचैनी एक मानसिक क्रिया ही है बस। कुछ लोग बेचैन हों तो इधर-उधर घूमना शुरू कर देते हैं, या ऐसा ही कुछ और। मुझसे यह सब तो हो नहीं सकता। बस बुड़बुड़ा सकती हूँ। एक दिन ऐसे ही मैं बिस्तर पर पड़ी बुड़बुड़ा रही थी। पास बैठी अम्मा बोली, ''तुम अपने अप्पा की तरह हो।''

''अप्पा क्या इसी तरह बुड़बुड़ाते थे?''

''तुम से भी ज़्यादा।'' अम्मा ने कहा। मेरी बातें पढ़कर आप सोचते होंगे कि मैं भी आप की तरह आराम से बात कर सकती हूँ। मेरे लिए गले से शब्द निकालना एक यातना भरा कार्य है। मेरी बात लोगों को समझ भी नहीं आती। अम्मा, सीतम्मा जैसे कुछ लोग ही हैं जिन्हें मेरी बात समझ में आती है। बहुत बार जो मैं कहना चाहती हूँ, कह नहीं पाती। एक वाक्य बोलने में दो मिनट लग जाते हैं। अम्मा के साथ ऐसा नहीं है। जो बात अभी बोली ही नहीं होती, जो मेरे मन में ही होती है, मेरी आँखों को देखकर अम्मा समझ जाती है।

अप्पा का चेहरा मुझे याद नहीं। उस दुर्घटना के समय मैं पाँच वर्ष की थी। दीवाली के पटाखे लेने के लिए मैं ज़िद कर रही थी। अप्पा मुझे स्कूटर पर आगे खड़ा करके ले गये। पटाखे लेकर आ रहे थे तो पीछे तेज़ी से आ रही लॉरी ने टक्कर मारी। कोई अस्पताल ले गया। मैं बच गयी, अप्पा नहीं बचे। मैं नाम के लिए ही बची। सिर पर चोट लगी थी। पीठ की हड्डी टूट गयी थी मुझे तो पता नहीं, अम्मा को इस बारे में बातें करते सुना था। मेरा पूरा शरीर जड़-सा हो गया था। न खड़ी हो सकती थी, न बैठ सकती थी।

अम्मा कितना रोई होगी, मुझे याद नहीं। मुझे जो याद है मैंने अम्मा को रोते नहीं देखा। न ही उसने कभी बेबसी दिखाई, मेरे सामने अम्मा ने किसी कष्ट को प्रकट नहीं किया। इतना ही नहीं, मेरे साथ कभी ग़ुस्सा नहीं हुई। कभी खीझी नहीं। एक तरह से अम्मा मेरी देह का एक भाग ही बन गयी। अथवा मैं उसकी देह का एक भाग बन गयी, कहना ज़्यादा ठीक होगा। लाश की तरह जड़ हुई को कितने डॉक्टरों के पास लेकर गयी। अम्मा ने महभारत की कहानी सुनाई थी। मुझे वह अर्जुन की प्राण-भिक्षा के लिए कर्ण के पास गयी कुन्ती ही लगी थी। जब किसी डॉक्टर और किसी दवाई ने काम नहीं किया तो वह खुद ही डॉक्टर भी बन गयी और दवा भी।

एक बार मैंने अम्मा को कहा, ''मैं पटाखों के लिए ज़िद न करती तो न

अप्पा मरते और न मेरी यह दशा होती।''

''नहीं?'' कुछ सोच कर अम्मा बोली, ''तुम पटाखे के लिए ज़िद न करती तो इस तरह न होता। अप्पा स्कूटर की जगह आटो में जाते, उस रास्ते से जाने की बजाय दूसरे रास्ते से जाते, या दस मिनट रुककर जाते या लॉरी थोड़ा बाद में आती या जल्दी आ जाती तो ऐसा न होता। इस तरह कारण ढूँढ़ने लगे तो दुखी होते रहेंगे। जो हुआ उसका आरोप अपने ऊपर मत लो। उसका कारण न अप्पा हैं, न तुम हो।''

बीते साल जब मुझे थोड़ी समझ आ गयी तो इसी बात को दूसरे ढंग से पूछा, ''तुम्हारे इस तरह के जीवन का कारण मैं ही हूँ न?'' विचलित होकर अम्मा पूछने लगी, ''क्या हुआ है मेरे जीवन को? मेरे जीवन में तुम हो और मुझे क्या चाहिए?''

''हाँ, तुम्हारे जीवन में मैं हूँ, यही तो मुसीबत है। मैं इस दशा में न होती या दुर्घटना में मर जाती तो तुम अब तक दुबारा शादी कर लेती, और लोगों की तरह तुम्हारा भी अपना जीवन होता।''

गुस्से में आकर अम्मा उठकर मेरे सामने खड़ी हो गयी। मुझ पर उसे कितना ग़ुस्सा आ रहा था, लगता था जैसे मुझे मारेगी। अगर वह मारने के लिए आगे बढ़ती तो मैं उसे रोकने के लिए हाथ भी नहीं उठा सकती थी। अम्मा ने मुझे मारा नहीं। झट से अन्दर चली गयी। मुझे मालूम था, कमरे का दरवाज़ा बन्द करके वह रो रही होगी। मैं उठकर अन्दर नहीं जा सकती थी। यह मालूम होने पर भी वह दरवाज़ा बन्द कर लेती ताकि मैं उसे रोते हुए न देख सकूँ, न सुन सकूँ। वह दुर्बल है, इसका मुझे पता न लगे। मेरे सामने वह आज तक एक बार भी नहीं रोई।

एक दिन मुझे नहलाकर कपड़े पहनाते समय बोली, ''तुम छोटी नहीं रही, बड़ी हो गयी हो। अपने बारे में, अपने शरीर के बारे में जानो। प्रकृति के कुछ नियम हैं।'' मुझे कुछ-कुछ समझ में आ रहा था। इतने दिन से टी.वी. देखते-देखते अब वह सब कुछ निर्लिप्त रहकर नहीं देख सकती थी। जवान लड़कों, युवकों को गाते-नाचते देखकर मेरे अन्दर अवर्णनीय भावनाएँ पैदा हो जाती थीं। शायद अम्मा ने यह सब देख लिया था।

पूरा जीवन व्हील चेयर में बितानेवाले वैज्ञानिक स्टीफन हॉकिंग की कहानी अम्मा ने सुनाई थी। उसकी शादी हुई थी, मेरी भी किसी दिन शादी होगी? मेरे साथ शादी करने के लिए कौन-सा लड़का राज़ी होगा? अपने विचार पर मुझे हँसी आ गयी। इस विचार को मन से निकाल देने का यत्न किया, अभी भी कर रही हूँ।

ऐसे समय में मुझे अम्मा के अकेलेपन के बारे में सोचना चाहिए था। तब

तक यह विचार मेरे मन में नहीं आया था। अम्मा तो केवल मेरी देखभाल के लिए है, उसके जीवन का उद्देश्य तो मेरी चाकरी करना है, यह भावना मेरे मन में थी। मेरे बुलाने पर अगर वह तुरन्त न आती तो मैं ग़ुस्सा हो जाती, बुड़बुड़ाती, ऑफिस से देर से आने से रूठ जाती, बात न करती। अब मुझे लगता है मैं कितनी स्वार्थी थी। एक बार वह साथवाले कमरे में अपनी सहेली के साथ बातें कर रही थी। मुझे सुनाई दे रही थीं। ''कभी-कभी मुझे बड़ा डर लगता है। मुझे कुछ हो गया तो इसे कौन देखेगा? इसलिए जब तक हो सके मुझे ज़िन्दा रहना होगा, केवल ज़िन्दा ही नहीं, इसकी देखभाल करने के लिए स्वस्थ भी रहना होगा। मौत आए तो दोनों को साथ आये।''

उस दिन मुझे बहुत ही दुख हुआ। मन चाहता था मुझे जल्दी से मौत आ जाए।

एक दिन अम्मा इसी तरह अपनी सहेली से बातें कर रही थी। सहेली ने पूछा, ''शेख़र क्या कहता है?'' अम्मा कुछ न बोली। सहेली ने दुबारा ज़ोर देकर पूछा, ''क्या कहेगा?'' मैंने उससे कह दिया नहीं हो सकता। मैं किरण को छोड़कर नहीं जी सकती। अपनी बेटी को जीते-जी मैं किसी स्पेशल होम में छोड़कर कैसे जी सकती हूँ? पूरा जीवन अकेली रह सकती हूँ, पर बेटी को छोड़कर जीना मेरे लिए सम्भव नहीं!'' अम्मा ने जवाब दिया। यह बात सुनकर मुझे बड़ा डर लगा। मेरा दिल ज़ोर-ज़ोर से धड़कने लगा। मेरी अम्मा किसी 'घर' में लेकर गयी थी। वही होगा। आने से पहले अम्मा ने मुझे नहीं बताया था। परन्तु कई बार बताती थी कि संसार में तुम्हारे जैसे बहुत-से लोग हैं। जीवन में हर एक को कोई-न-कोई दुख तकलीफ़ रहती है। कोई नहीं जिसे दुख न हो। तुम्हें एक तरह का दुख है, दूसरे को दूसरी तरह का दुख होगा। परन्तु मेरी इतनी प्यारी और अच्छी बेटी केवल मेरी है, कहकर मुझे गले से लगा लेती।

अम्मा रोज़ शाम को मुझे व्हील चेयर में घुमाने लेकर जाती। ''आज तुझे नये लोगों से मिलाती हूँ।'' कहकर मुझे 'घर' में ले आयी। बहुत बड़ा प्रांगण था। कितने लोग थे! सभी मेरी तरह किसी न किसी ढंग से विकलांग थे। सीतम्मा को वहीं देखा। मुझे देखकर वह कहने लगी, यहाँ रहोगी? हम सब यहाँ हैं। तुम्हारे साथ खेलेंगे। बड़ा मज़ा आएगा। 'मुझे यहाँ छोड़ने के लिए लेकर आयी है अम्मा।' सोचकर मैं ज़ोर-ज़ोर से रोने-चिल्लाने लगी। तुरन्त यहाँ से जाने के लिए हठ करने लगी। मेरा चिल्लाना सुनकर सभी मेरी ओर देखने लगे। तुम्हें छोड़ने के लिए नहीं, केवल दिखाने के लिए आयी हूँ। अम्मा ने कहा। मैंने रोना बन्द न किया। यह मुझे अम्मा से दूर करेंगे। डरकर उसके साथ चिपक गयी। घर पहुँचकर भी चिपकी रही। अम्मा ने बड़ा प्यार किया, समझाया कि अपने से दूर नहीं करूँगी। वचन भी दिया।

अम्मा अगर मुझे पढ़कर न सुनाती, पढ़ना न सीखती तो मुझे संसार के बारे में कुछ जानकारी न होती। वह मेरे साथ कितना समय बिताती थी! उसमें कितना धैर्य था! उसे मुझसे प्रेम था? मैं विकलांग थी, मुझ पर करुणा थी? या मैं उसकी बेटी थी, इसलिए वह जो कुछ कर रही थी, यह उसका कर्तव्य था?

उस दिन ऐसे पड़ी हुई सोच रही थी कि पूछ लिया, "हम दोनों के जीवन का अन्त कैसे होगा?" कुछ पढ़ रही अम्मा ने मेरी ओर देखा। कुछ न कहा। मुझे पता था उसे इसका उत्तर मालूम न था। "अन्त तो मृत्यु में ही होगा, मुझे पता है पर जाननेवाली बात यह है कि पहले कौन मरेगा?" मैंने फिर पूछा।

"अभी इसके बारे में बात न करके इस को टाल भी दें, परन्तु यह विषय मुख्य है तुम भी जानती हो। क्या यह नहीं है! हम दोनों के बीच मृत्यु बहुत ही नज़दीक ही रहती है। मेरा मन चाहता है कि मैं पहले मर जाऊँ तो समस्या हल हो जाए। तुम इसे चाहे न मानो। परन्तु यह सच है। इसलिए तुम्हें इसे मान लेना चाहिए।" कहकर मैंने अम्मा की ओर देखा।

अम्मा ने हाँ या न में कुछ नहीं कहा। जो किताब पढ़ रही थी उसे बन्द करके मेरे साथ लिपटकर लेट गयी। इन दिनों ही मुझे मरने का ख़्याल आया। अम्मा अपनी सहेली के साथ अकसर शेखर के बारे में बात करती थी। एक दिन कहने लगी, "मेरा एक कुलीग है, शेखर। बहुत अच्छा है। तुम्हें मिलवाऊँगी।" विचित्र बात है कि यह बात कहते समय अम्मा मेरी ओर नहीं देख रही थी। उसके मन में पता नहीं कैसी हिचकिचाहट और डर था। मेरे मुँह से निकल गया, "नहीं मिलना मुझे।" बड़े रूखे ढंग से मैंने कहा। मेरी ओर देखते हुए अम्मा बोली, "नहीं तो न सही, छोड़।" कहकर वह बाहर चली गयी।

मुझे मौत क्यों नहीं आ जाती? मेरे जैसी मरेगी तो कैसे? अनजान व्यक्ति जो मेरा पिता नहीं है, उसके साथ मैं कैसे रह सकती हूँ? वह मुझे स्नान कराएगा? मुझे कपड़े पहनाएगा? मुझे देखकर वह सहन नहीं कर पाएगा। अम्मा पर यह कैसा पागलपन छा गया है। मेरे साथ उसका प्रेम कम हो गया है। अम्मा मुझे छोड़कर दूर हो जाएगी? मुझे बोझ समझकर वह मुझे मार दे। ऐसे दस विचार मेरे मन में कीड़े की तरह रेंगते रहते। इनसे बचने का रास्ता मुझे मौत ही लगता था। इनको दुख न दूँ। मैं मर जाऊँ। मेरे जैसी बदनसीब को मौत कहीं आसानी से आती है! सम्भव नहीं। परन्तु मुझे मरना ही है। अम्मा को अब मेरी ज़रूरत नहीं है। सोचा व्हील चेयर से उलटकर नीचे ज़ोर से सिर पटकूँ तो मर सकती हूँ।

जब होश आया तो अम्मा पास बैठी थी। सिर में दर्द हो रहा था। मैं मरी नहीं थी। यह मेरा आत्महत्या का प्रयत्न था, अम्मा को पता नहीं चला।

गेट के पास अम्मा को देखकर बैठी-बैठी बेचैन हो गयी। व्हील चेयर हिलने लगी। मेरे मुँह से 'अम्मा-अम्मा' निकला। अम्मा मेरी ओर आयी। मुझे गले से लगाया, चूमा। "कैसी है?" पूछा। "फाईन" मैंने कहा। अम्मा की कड़क कॉटन की साड़ी में मुँह छिपा लेने को मन किया। "जीवन कैसा है?" मैंने पूछा।

अम्मा ने कोई जवाब नहीं दिया। इसके बदले बोली, "शेखर कहते हैं कि अब तुम हमारे पास आ जाओ, सभी मिलकर रहेंगे, मैंने 'नहीं' में सिर हिलाया, "यह घर मेरा 'घर' है। यहाँ मैं बड़े आराम से हूँ।"

इस 'घर' में आने से पहले मैंने अम्मा की आँखों में कभी आँसू नहीं देखे थे। परन्तु यहाँ आने के बाद अकसर उसकी आँखों में आँसू रहते हैं। मैं जानती हूँ, उसे अपराध भावना महसूस होती है। बेटी को दूर भेज दिया। उसके साथ घर जाकर मुझे अपराध भावना महसूस होगी। अब मैं बड़ी हो गयी हूँ। सबकुछ सहन कर सकती हूँ। अम्मा ने मेरे लिए दुख भोगा है, बहुत कुछ सहा है। एक बार जब अम्मा मुझे 'घर' लेकर आयी थी, मैं डरकर यहाँ से वापस जाने के लिए हठ करने लगी थी, चीखने-चिल्लाने लगी थी। फिर यहाँ आने का फैसला मैंने खुद किया था। अम्मा तो रोकती रही परन्तु मैं यहाँ आने के लिए हठ करने लगी।

"शेखर अंकल नहीं आए?" मैंने पूछा।

"आए हैं। बाहर खड़े हैं। पिछली बार तुमने ठीक से बात नहीं की थी। तुम नहीं चाहती कि वे आएँ, ऐसा सोचकर बाहर खड़े हैं।" साथ लाया नाश्ता खिलाते हुए अम्मा ने कहा।

मैं ज़ोर से हँस पड़ी। जीवन में अभी मुझे बहुत कुछ सीखना है। प्रतिदिन नयी-नयी बातें सीख रही हूँ। "अंकल को यहाँ आने के लिए कहो।" मैंने कहा। अम्मा ने फोन किया। लगता है प्रतिदिन अम्मा सुन्दर होती जा रही है। चेहरे पर रौनक आ गयी है।

शेखर आ गये। अंकल को देखते ही 'हैलो' कहकर 'कैसे हो' पूछा। शेखर ने सिर पर प्यार से हाथ फेरकर अपने साथ लगा लिया।

अम्मा काफ़ी देर तक सीतम्मा से बात करती रही। 'घर' के दफ्तर गयी। समय कितनी जल्दी बीत जाता है। इतवार ऐसे ही बीतने लगे। "अब आप जाइए। आपका पूरा दिन मैं नहीं लेना चाहती, आधा तो आपके लिए रहना चाहिए।"

"नहीं, हम शाम तक रहेंगे।" अम्मा और शेखर अंकल ने कहा।

"अब आप जाइए, मुझे बहुत काम है।" आँखें मटकाते हुए मैंने कहा। पास खड़ी सीतम्मा मुस्करा रही थी। दोनों को जबरदस्ती भेज दिया।

"शेखर अंकल के साथ पर्सनल बात करनी है।" मैंने कहा तो अम्मा

आश्चर्यचकित हो गयी। मैं पता नहीं क्या कह दूँ। इस बात का डर था शायद उसे। परन्तु वह दूर जाकर खड़ी हो गयी। पास आए शेखर अंकल से मैंने कहा, ''माईमदर इज़ ए स्ट्रांग वुमन। परन्तु जीवन में उसने बहुत कष्ट झेला है। टेक केअर ऑफ हर।''

''मैं जानता हूँ। आई नो हर वैरी वैल। डोंट वरी।'' वह बोले।

''जितना मैं अपनी अम्मा को जानती हूँ, उतना आप नहीं।'' शेखर अंकल की ओर देखते हुए मैंने कहा। वह कुछ नहीं बोले, केवल मुस्करा दिए।

''खैर छोड़िए, मेरे बारे में चिन्ता मत कीजिए। आई कैन टेक केअर ऑफ माई सैल्फ।'' मैंने हँसते हुए कहा, ''मैंने जो कहा है, अम्मा को मत बताना।''

अम्मा और अंकल मेरी ओर हाथ हिलाते हुए बाहर चले गये। मैंने सिर पीछे करके आँखें मूँद लीं। बगीचे में ठंडी हवा आ रही थी।

नन्हे पदचिह्न

—सुनन्दा प्रकाश कडमे

अंचक्का को अपना गाँववाला घर छोड़कर शहर में अपने बेटे के पास एक महीना होने को आया था। आज सवेरे से उसे एक अजीब प्रकार की बेचैनी ने घेरा हुआ था। अपने अकेलेपन, एकाकीपन को वह खुद ही कोसती परेशान थी। छोटी-छोटी बात पर उसे ग़ुस्सा क्यों आ रहा था, किसी को यह समझ नहीं आ रहा था।

कोई खिलौना हाथ में लिए प्यारी-प्यारी बातें करते हुए आई पाँच वर्ष की पोती चिम्मी को अंचक्का ने बेवजह डाँटकर दूर कर दिया, "तू अपनी माँ जैसी है।" उसने बुदबुदाते हुए कहा। बहू जल्दी-जल्दी रसोईघर में गयी और चौकी पर बैठकर टमाटर काटने लगी। "कल शाम मैं बाहर चबूतरे पर बैठी थी तो तुमने धम्म से दरवाज़ा क्यों बन्द कर दिया था?" उसने गुस्से में बहू से पूछा।

अंजू को रोना आ गया। नाइटी को थोड़ा ऊपर कर पेटीकोट के किनारे से आँख पोंछते हुए बोली, "हैं! मैंने कब किया दरवाज़ा बन्द?"

नहाकर गीला तौलिया लपेटे भगवान को फूल चढ़ाकर विट्ठल रसोईघर में आकर कहने लगा, "तुमने बन्द नहीं किया, मैंने भी बन्द नहीं किया।" फिर चिम्मी को बुलाकर उसे प्यार से पूछने लगा। 'हूँ-हाँ' करती अपनी दोनों चोटियों को खींचते हुए सोचकर वह कहने लगी, "मम्मी, तुम्हीं ने तो कहा था, मच्छर अन्दर आ जाते हैं, सभी कमरों के दरवाज़े बन्द कर दो।" वह तोतली आवाज़ में बोली। "चलो ठीक है, जाओ खेलो।" पापा ने उसकी पीठ सहलाते हुए कहा।

अम्मा के गुस्से का कारण समझ आने पर विट्ठल कहने लगा, "अम्मा जब बाहर बैठी हो तो कोई दरवाज़ा बन्द न करे। मच्छर आते हैं तो आ जाएँ।" नाटकीय ग़ुस्सा दिखाने के ढंग से वह बोला। उनकी बात सुनकर अंचक्का बोली, "हाँ, मैं अब तुम लोगों के लिए खेलनेवाली गुड़िया बन गयी हूँ।" फिर नाराज़गी भरे ढंग से बुदबुदाई। टमाटर काटकर उठते हुए अंजू पति की ओर देखकर मुस्करा दी, परन्तु उसे बड़ा खराब लग रहा था। अम्मा से बात करो तो भी गलत, न करो तो भी गलत। बहू के कानों में पड़े झुमके थोड़े हिलते तो अंचक्का को

लगता, बहू मेरी ओर देखकर मुँह बना लेती है।

बहु उसे घर का कोई काम नहीं करने देती थी। इस बात पर उसे ग़ुस्सा आता था। ''कहती है, यह मत करो, वह मत करो, बी.पी. बढ़ जाएगा।'' अंजू हमेशा की तरह चुप रही। जल्दी से आकर विट्ठल ने बीवी के कानों में कुछ कहा और ऑफिस के लिए निकल गया। वह बाहर जाकर स्कूटर स्टार्ट करने लगा तो ''मेरे साथ तो तुम ठीक से बात नहीं करते।'' अंचक्का बोली, ''हर समय क्या बात करूँ?'' भौंहें चढ़ाकर विट्ठल बोला। अम्मा को क्या हो गया है, वह सोचने लगा।

विट्ठल दफ्तर से जल्दी आ गया जैसे छुट्टी लेकर आया हो।

एक दिन किसी धर्म स्थल होकर आएँ। सारा दिन घर बैठे-बैठे अम्मा भी ऊब गयी है। अंजू ने कहा। ''छुट्टी चाहिए, छुट्टी!'' विट्ठल चिढ़कर बोला।

''ऐसे घर में कैसे रहा जा सकता है, आप ही बताओ?'' दुखी ओकर अंजू बोली और बेडरूम में जाकर दरवाज़ा बन्द करके रोने लगी।

बाल संवारकर, साड़ी हुए अपनी पीठ तो कभी पेट को पकड़ते हुए पति के पीछे जाती बहू को देखकर अंचक्का ने अन्दाजा लगाया, अस्पताल जा रही होगी। यह सब पति की हमदर्दी पाने के लिए, कि आराम नहीं मिलता, ऐसा अभिनय करती है। किसी की कही हुई बात अंचक्का के दिमाग में अभी भी बैठी हुई थी। गुलाबी रंग की फ्रॉक पहने नर्सरी स्कूल से आयी चिम्मी, मम्मी पापा के साथ जाने के लिए तैयार हो गयी। चिम्मी बड़ी प्यारी लग रही थी परन्तु अंचक्का उससे प्यार से बात किए बिना चुप रही। सामने स्कूटर पर खड़ी हुई चिम्मी को अंजू ने हाथ से संकेत करते हुए कहा, ''दादा को टाटा करो।''

विट्ठल ने खिड़की से दिखाई दे रही अम्मा के चेहरे पर सरसरी नज़र डालकर स्कूटर स्टार्ट कर दिया।

रोज़ यही होता है। मेरा न कहीं जाना-आना। उल्लू की तरह अकेली बैठी रहती हूँ सारा दिन। मैं भी कभी पत्नी थी, एक बेटे की माँ हूँ, मेरे सास-ससुर और दूसरे रिश्तेदार थे, मैं उनकी 'अंची' 'अंचक्का' थी। अब सबकुछ भूल चुकी हूँ। अब मैं क्या हो गयी हूँ! यह सोचकर उसे बड़ा दुख हुआ।

मेरी भी तबीयत ठीक नहीं, मुझे डॉक्टर के पास ले चलो, मैं भी ज़िद करके विट्ठल को कहूँ। दोनों घुटनों को दबाते हुए समय को धकेलती रहती हूँ। कभी इधर बैठ कभी उधर।

बेटा, बहू और पोती जल्दी वापस आ गये। उनकी बातों से लग रहा था शायद डॉक्टर नहीं मिला था।

लौटकर फिर रसोईघर में जा चुकी अंजू को सुनाने की तरह कहने लगी,

''सभी अपनी मनमर्ज़ी करते हैं, मेरी तो इस घर में कोई कीमत ही नहीं है।'' फिर बुड़बुड़ा कर कहा अंचक्का ने, ''गाँव में अकेली मत रहो, हमारे पास आओ। विट्ठल की फुसलानेवाली ऐसी बातें सुनकर आ गयी। अब वह सीधे मुँह बात ही नहीं करता। चुप्पी साधे रहता है।''

अम्मा-अम्मा कहकर दिन में दस बार बुलाता नहीं तो इसका अर्थ यह तो नहीं कि अम्मा से प्यार नहीं। अम्मा-अम्मा है, अंजू अंजू है, चिम्मी चिम्मी है, उन तीनों से वह समान प्रेम करता है। मन में प्रेम हो तो दिखाने की क्या आवश्यकता है? अगर मन में प्रेम नहीं तो बात दूसरी है। यह बात अम्मा को कैसे बताएँ! विट्ठल को समझ में नहीं आ रहा था।

गाँव का हवा-पानी अलग था। यहाँ के रीति-रिवाज, खान-पान सब अलग हैं। लगता है मुझे ही सबसे मिलकर चलना पड़ेगा। एक और मुसीबत आन पड़ी है। इस अंजू का अप्पा अब यहीं नज़दीक आ गया है। यह बात मुझे अच्छी नहीं लगती। परन्तु इसमें अंजू का क्या दोष है? अंचक्का को यह बात समझ नहीं आयी। पता नहीं किस-किस राज्य की सीमा पर अपना मिलिटरी का काम करके रिटायर होकर अब यहाँ बेटी के नज़दीक ही रहने के लिए अपार्टमेंट में घर खरीद कर अपने इंजीनियर बेटे के साथ रहने लगा था। अभी-आठ दस दिन से सैर पर भी इसी रास्ते से जाने लगा था। जितना पूँछूँ, उतनी ही बात का जवाब देनेवाली अंजू अपने अप्पा के आने पर तो 'अप्पा-अप्पा' करते हुए हँसती और कितनी बातें करती थी। अंचक्का का आधा ग़ुस्सा इस बात के लिए ही था।

अंजू का अप्पा उसी के गाँव का था, परन्तु बहू का अप्पा होने के कारण अंचक्का के लिए असहनीय था। उसके साथ बात करने में भी डर लगता था। कौन करे उस बड़े आदमी के साथ बात! मिलिट्री में था। इंगलिश पढ़ा हुआ होगा। मैं गाँव से आई अनपढ़ बुढ़िया, मुझसे क्या बात करेगा?

थोड़ी देर के बाद फिर साड़ी पहनकर तैयार हुई बहू को देखकर उसका पारा चढ़ गया। इसी बीच सूखे कपड़े उतारने के लिए टैरेस पर गयी अंजू को अपने कपड़ों के साथ सास की साड़ी लपेटकर नीचे लाते समय उसमें से आती सुगन्ध और अपने स्टील के हुकवाले ब्लाउज़ के साथ सफ़ेद गोल बटनोंवाला सास का ब्लाउज देख उसे अपनी दिवंगत माँ की याद आ गयी और मन में वात्सल्य उमड़ आया। नीचे आकर देखा तो सास ने खाना नहीं खाया था। 'यह उसे हज़म नहीं होता' कहकर छोड़ दिया था। अंजू ने जल्दी से सास के लिए साबूदाने की खिचड़ी बनाई। चिम्मी ने भी दादी के साथ बैठकर वहीं खायी।

अंजू के पेट में दर्द रहता है, यह बात मुझसे क्यों छिपाए रखी? इस बात पर अंचक्का बड़ी नाराज़ थी, और बात करना छोड़ गुस्से में आकर बाहर बैठी

थी। कितनी बार चाय पीने के लिए अन्दर बुलाया गया पर उसने जैसे सुना ही नहीं था। वहीं बैठी रही। "चाय ठंडी हो रही है।" कहकर अंजू ने बाहर चाय लाकर दे दी। मधुमेह की बीमारी का नाम सुनते ही डॉक्टर ने मीठा मना कर दिया था या बेटे और बहू ने। उसने फीकी चाय को दवाई की तरह पी लिया। 'मैं क्या तुम लोगों के लिए बोझ हूँ?' एक बार उनको पूछने का मन करता है।

चिम्मी को पकड़कर विट्ठल ने कहा, "दादी के पास रहो, हम जल्दी आ जाएँगे।" चिम्मी न मानी, उनसे पहले ही वह स्कूटर पर जाकर खड़ी हो गयी। इस बार माँ के कहे बगैर अपने आप उसने दादी को टाटा कर दिया। अंचक्का ने टेढ़ी नज़रों से पोती को घूरा। खाली नज़रों से उनके रास्ते को देखती अंचक्का चुपचाप बैठी रही।

थोड़ी देर बाद खाकी पैंट-कमीज़ पहने अंजू का अप्पा आ गया। घर के आगे लगे नीम के पेड़ की नीचे लटकती टहनी को उसने थोड़ा ऊपर उछलकर तोड़ा और कोमल पत्तियाँ तोड़कर मुँह में डाल लीं। फिर कुछ पत्तियाँ लाकर अंचक्का को खाने के लिए दीं। अब घर में कोई नहीं है, इस समय अंजू का अप्पा आन टपका है। उसके साथ बैठकर बातें करने की अनिवार्य परिस्थिति थी। "मधुमेह के रोग के लिए बहुत अच्छी है। घर के एकदम पास पेड़ है। विट्ठल को रोज़ तोड़कर देने के लिए कहिए।" कहकर वह बाहर चबूतरे पर ही उससे थोड़ी दूरी पर बैठ गया।

अंजू का अप्पा जब आया था तो बादल घिरे हुए थे। लगता था वर्षा होगी। थोड़ी देर में टप-टप बूँदें गिरने लगीं।

"सुना है अंजू का पेट दर्द रहता है, अस्पताल गयी है।"

"हूँ" अंचक्का ने इतना ही कहा। बारिश तेज़ हो गयी और उन पर गिरने लगी। दोनों ही झट से छोटे बच्चों की तरह उठे और भाग कर अन्दर आ गये। अंजू का अप्पा सिर और मुँह पर पड़ी बारिश की बूँदों को झाड़ते हुए बोला, "छी-छी कैसी बारिश है?" लेकिन वह बारिश में भीगने पर ख़ुश भी था। उस ख़ुशी को बाँटते दोनों एक-दूसरे के सामने पड़ी बैंत की कुर्सियों पर बैठ गये। बैठकर अंचक्का भी अपने मुँह पर पड़ी बारिश की बूँदों को साड़ी के पल्लू से पोंछने लगी।

बारिश तेज़ हो गयी। दोनों मौन रहकर जोरदार बारिश की आवाज को सुन रहे थे। उस गाँव की बारिश की लय है इस बारिश में भी—दोनों को लगा कुछ बात करनी चाहिए। अंचक्का को तो कोई बात नहीं सूझ रही थी। सवेरे से बहू और बेटे के सामने कितना बुड़बुड़ाती रही थी, परन्तु इस आदमी के सामने उसके मुँह से बात ही नहीं निकल रही थी, अंचक्का हैरान थी।

"बारिश की आवाज़ सुनकर अपने गाँव की याद नहीं आ रही?" बात शुरू की अंजू के अप्पा ने, "लगता है तुम अब तो गाँव कभी नहीं जाती होंगी?"

वह कौन से गाँव की बात कर रहा था? अंचक्का सोच में पड़ गयी। अंजू के अप्पा ने उसे मायके की याद दिला दी, क्योंकि वह उसी गाँव की बात कर रहा था। उसने तो अपने गाँव को भुला ही दिया था। कितने वर्ष बीत गये थे!

"तुम्हारे चाचा और ताऊ तो अब नहीं होंगे?" अंचक्का को झट से बात समझ आ गयी और वह सतर्क हो गयी।

"हूँ, उनमें से तो अभी कोई भी नहीं रहा।"

"तुम्हारे भाई भी हमारी तरह शहरों में आ गए होंगे।"

"हाँ।"

"तुम्हारे घर के आगे एक बहुत बढ़ा बरगद का पेड़ था।"

"हाँ हाँ था।"

"किसी साहूकार ने पैसा लगाकर उसके गिर्द बहुत बड़ा चबूतरा बनवा दिया था, और उस पर अपना नाम भी लिखवा दिया था।"

कितना समय बीत गया था! अंचक्का ने कभी इन सबके बारे में सोचा ही नहीं था।

"तुम छोटी-सी थी तो तुझे देखा था, मुझे अभी याद आया। तुम एकदम गोरी और गोल-मटोल थी, अभी देखने से तो वैसा लगता नहीं।" इस बार 'हूँ' कहने की बजाय मन-ही-मन हँसी अंचक्का। अंजू के अप्पा की इस एक बात ने चालीस साल लाँघकर सीधा उसे वहाँ ले जाकर खड़ा कर दिया था। बाहर ज़ोर से बरसती बारिश थी।

"तुम अपने पाँडू चाचा की चाय की दुकान के गल्ले पर बैठी रहती थी।" ठंड से बजते दाँतों से उसने काँपती आवाज में कहा।

"ठंड है, मैं चाय बनाकर लाती हूँ।" अंचक्का ने अब मुँह खोला।

"नहीं, नहीं। बार-बार चाय पीने की आदत नहीं है मुझे। तुम्हें भी इस उमर में बार-बार चाय नहीं पीनी चाहिए।" दोनों हाथों से अपने घुटनों को दबाते हुए कहा अंजू के अप्पा ने। अंचक्का धीरे से उठी। अंजू के कमरे में जाकर उसने अलमारी खोली और उसकी साड़ियों के बीच रखी शॉल निकालकर अंजू के अप्पा को ला दी, "अंजू की है, ओढ़ ली लीजिए।"

"तुम्हारे लिए आराम है, साड़ी का पल्लू ही शॉल है।" शॉल को गिर्द लपेटते हुए हँसकर कहा अंजू के अप्पा ने। बाहर छाए बादलों के कारण अन्दर थोड़ी उमस थी, परन्तु बत्ती जलाने का दोनों को ही ध्यान न आया।"

"तुमने चौथी क्लास में ही स्कूल छोड़ दिया था?"

"हूँ" कहकर अंचक्का फिर चुप हो गयी।

"मजे की बात तो यह थी कि तुमने स्कूल छोड़ा तो मेरी छोटी बहन

महादेवी ने भी छोड़ दिया।'' अंजू का अप्पा ज़ोर से हँसा। अंचक्का थोड़ा शरमा गयी।

''उसी साल मेरा भाई पैदा हुआ था। उसकी देखभाल के लिए मैंने स्कूल छोड़ दिया।'' अचंक्का ने कहा।

''तुम्हारा बड़ा भाई बड़ा झगड़ालू था। उसके साथ एक बार मैं तुम्हारे घर आया था।'' वह पैरों को थोड़ा हिलाते हुए बोला। अंचक्का साड़ी का पल्लू गिर्द लपेट कर चिड़िया के बच्चे की तरह चेहरा थोड़ा उचकाकर बिना हिलेडुले उसकी बातें सुन रही थी।

''तुम्हें काजू के पेड़ पर चढ़ना अच्छा लगता था। मैं जब आया था तो तुम छोटी-सी फ्रॉक पहने काजू के पेड़ पर चढ़ कर बैठी हुई थी।''

''हे शिवा! शिवा!'' माथे और आँखों को बायें हाथ से ढँक लिया अंचक्का ने। उसे वहाँ भाग-दौड़ करते बच्चे, काजू के पेड़ पर झूला झूलते बच्चे अभी एक चित्र की तरह दिखाई दे रहे थे। उसका संसार ही बदल गया था। इतने वर्षों से शीशे पर जमी धूल को अंजू के अप्पा ने रगड़-रगड़ कर स्वच्छ करके इस चित्र को न केवल अंचक्का को दिखाया बल्कि वह खुद भी इसका आनन्द ले रहा था।

''तुम्हारे घर के पीछे दक्षिण की ओर एक आम का पेड़ था। उसके आम बहुत मीठे थे। हम दोस्त मिलकर उस पर पत्थर फेंकते रहते थे। उस वृक्ष के तो कच्चे आम भी बहुत स्वादिष्ट थे। इसलिए तुम्हारे अप्पा की नज़र हमेशा मेरे ऊपर रहती थी।''

इससे आगे बढ़ना साध्य न होने के कारण अंजू का अप्पा वहीं इन बातों में घूमता रहा। अंचक्का को अब इस संसार प्रिय लगने लगा। यादों के इस जगत को छोड़कर बाहर आने की उसकी इच्छा नहीं थी। दोनों को लगा कि बड़े नहीं होना चाहिए था। इन चालीस वर्षों में जो कुछ हुआ वह सभी झूठ था। एक साथ बीते बचपन के सभी सम्बन्ध फिर से जुड़ रहे थे।

सरोकार भरी बातें और ही दिशा में चली गयी थीं। आज शाम दोनों के मन को परस्पर आसरा देनेवाले क्षण दोनों को ही अच्छे लग रहे थे। समुद्र की ओर से आती हवा, लहरों की गर्जना पुरोहितों के मंत्रघोष, दोनों के कानों में बराबर गूँज रहे थे। रथगली का रथ, माणेश्वर मन्दिर की सीढ़ियाँ, मेले में लगी लाल-हरे शर्बत की दुकानें पत्थर की दीवार वाली गली उनकी आँखों के सामने वैसी ही थी। समुद्र के किनारे पर बिछी रेत ने दोनों के नन्हे पाँवों के चिह्नों को अपने अन्दर समेट लिया था। बाहर वही वर्षा थी।

फिर उसके गेट पर कार का हॉर्न सुनाई दिया। बारिश के कारण अंजू का भाई पिता को लेने के लिए आया था। अंजू का अप्पा बिना कुछ बोले धीरे से

उठा और दरवाज़ा खोलकर बाहर चला गया। गेट बन्द करने के बहाने घूमकर खड़े होकर या ऐसे ही अंचक्का की ओर हाथ हिलाया। वर्षा कम हो गयी थी।

कब से अन्दर आए विट्ठल ने गीले कपड़े उतारकर दूसरे पहन लिए थे। इस सबकी ओर ध्यान न देकर छोटा बच्चा बनकर बैठी अंचक्का को इस रंगीन जगत में लाने की शक्ति केवल अंजू के अप्पा में थी या इस वर्षा की आवाज़ में। रसोईघर से आ रही बर्तनों की आवाज़ से लग रहा था कि अंजू खाना पका रही है थी, उसी जगह चिम्मी के साथ बैठी अंचक्का पर एक प्रकार की जड़ता छा गयी थी। वह कहाँ थी, कैसी थी, सबकुछ भूल गयी थी। अचानक जैसे चेतनाहीन में चेतना भर गयी हो, चिम्मी की नोट बुक उठाकर उसके आखिरी पन्ने पर पेन्सिल से एक-एक अक्षर जोड़कर बड़े आकार में लिखा 'अनुसूया देवी'।

आश्चर्यचकित हुई चिम्मी ने ख़ुश होकर दादी के हाथ से नोट बुक छीन ली और नाचती-कूदती अपने मम्मी-पापा को दिखाने के लिए भागी। "दादी को अपने-आप लिखना आता है।"

विट्ठल ने अभी जो कमीज़ पहनी थी वह उतार दी। अंचक्का को पुत्र बिलकुल पिता की तरह लगा। वही पेट, वही छाती, सिर्फ़ मूँछें नहीं थीं।

अंजू खाना परोस रही थी। अंचक्का को वह कलुछी अपनी माँ के हाथ में पकड़ी हुई लगी—वही हाथ, वहा बाँह। जब वह पाँच वर्ष की थी तो उसी रथगली में वैंकट रामण मन्दिर के सामने वह गुम हो गयी थी। उसकी माँ की तरह अठारह हाथ की हरे रंग की साड़ी पहने एक औरत के पल्लू को पकड़कर उसके पीछे चल पड़ी थी। बाद में कोई पहचानवाला उसे पाँडु चाचा की दुकान पर छोड़ गया था।

उसे अब शरीर का कोई भी हस्तक्षेप महसूस नहीं हो रहा था। जैसे यह देह उसकी नहीं थी। अंजू के अप्पा ने उसका मन शान्त, शुभ्र, हलका कर दिया था।

बैठे-बैठे अंचक्का पोती की छोटी-सी जाँघ पर सिर रखकर बोली, "मुझे थपथपा कर सुलाओ।" दादी के सफ़ेद बालों में हाथ फेरती चिम्मी "चब्बी चीकस, डिंपल चिन्न, रोज़ी लिप्स" बोलते हुए थपथपाने लगी।

अंचक्का पर तन्द्रा छा गयी। दूसरी कक्षा में पढ़ती, चाय की दुकान पर गल्ले पर बैठी अंचक्का को पाँडु चाचा उठाकर, गली की सीढ़ियों पर खड़ा हो गया। हर वर्ष की तरह शिवरात्रि का उत्सव था। अंच्ची के छोटे-छोटे हाथों में केला और छुहारे पकड़ाकर चाचा ने कहा, "फेंको, फेंको।" धीरे-धीरे चल रहे रथ की ओर संकेत करके उसने कहा। अंच्ची ने केला फेंक दिया और छुहारा मुँह में डाल लिया। रथ पर फेंका केला आगे खड़े रथ को देख रहे एक लड़के के सिर पर गिरा। वह पीछे देखकर मुस्कराया। अरे, वह तो अंजू का अप्पा था!

❑ ❑ ❑

लेखक परिचय

जयन्त कैकिनी (1955 ई.)

मुम्बई की एक फार्मास्युटिकल कम्पनी में कार्यरत।

कृतियाँ—तेरे दूष्ट बागिलू, 'गॉड', 'द्रगुड', 'परबन अश्वमेध', 'अमृतबल्ली कषाय' (सभी कथा-संग्रह)। रंगदिदोदिष्टु दूर', 'कोटे तीर्थ', 'श्रावण मध्यान', 'नीलि मड़े' (सभी कविता-संग्रह)। 1928 ई. और 1986ई. में कर्नाटक साहित्य अकादमी से कथा-संग्रहों के लिए सम्मानित।

1974 ई. में कविता-संग्रह के लिए कर्नाटक साहित्य अकादमी से सम्मानित।

बोलवार महम्मद कुन्ही (1951 ई.)

पुत्तूर तहसील में जन्म। सिंडीकेट बैंक में कार्यरत।

कृतियाँ—'अत्ता इत्ता सुत्तु मुत्ता', 'देवरागढ़ राज्यदल्ली', 'आकाश के नीलि पर्दे' (कहानी-संग्रह)। जेहाद (उपन्यास)। 'तट्टू चपाड़े पुट्टा मगु' (सम्पादित बाल कविताएँ)।

कर्नाटक साहित्य अकादमी और भारतीय भाषा संस्थान (मैसूर) से पुरस्कृत।

बानु मुश्ताक (1954 ई.)

कर्नाटक के जिला हसन में एडवोकेट अनेक समाज-सेवी संस्थानों से सम्बद्ध।

कृतियाँ—'हेजे मूडिदा हादी', बेंकी मड़े (कहानी-संग्रह)। 'कु[illegible]रा हागु सवीरा' (उपन्यास)

जे. बालकृष्ण (1961 ई.)

कोलार (कर्नाटक) में जन्म।

ऐसोशिएट प्रोफेसर, कृषिविज्ञान विश्वविद्यालय बेंगलूर।

कृतियाँ—विज्ञान सम्बन्धी मौलिक पाँच पुस्तकें प्रकाशित। कहानी-संग्रह—निना पुग लिगेके सविल्ला। कथेतर—दो पुस्तकें—नीनेंबा नानु, माता हरि अनुवाद—आठ पुस्तकें प्रकाशित। कृषि विज्ञान से सम्बन्धित पचास पुस्तकें का सम्पादन।

नागवेणी एच. (1962 ई.)

मैंगलोर (कनार्टक) में जन्म।

शिक्षा-बी.एस.सी., एम.एल.आई., पी-एच.डी.।

सम्प्रति—कन्नड़ विश्वविद्यालय, विद्यारण्य, ता.होसपेट जिला बेल्लरी (कर्नाटक) में मुख्य पुस्तकालाध्यक्ष।

सुनन्दा प्रकाश कडामे (1967 ई.)

कनार्टक के उत्तर कन्नड़ जिले में जन्म।

बी.कॉम. और कन्नड़ साहित्य में एम.ए.।

सन् 1997 में प्रथम कहानी के प्रकाशन के साथ साहित्य में प्रवेश। हालाँकि इन्होंने काफी देर से लिखना प्रारम्भ किया परन्तु अपनी कुछ ही कम रचनाओं से अपनी अलग पहचान बना लीं।

अब तक उनकी छह पुस्तकें प्रकाशित हैं—पुट्टा पाड़डा गुरुतु, पिसुगुडुवा बेट्टा सालु, गांधी चित्रडा नोटू, पडुवंडा कडालु, सेलु डारी आदि।

पुरस्कार—चन्दा पुस्तक मैनुस्क्रीप्ट अवार्ड, बी.एम. श्री स्टोरी बुक अवार्ड, संकरमाना अवार्ड फॉर पोयट्री आदि।

❑ ❑ ❑

णाणं
पयासयं
वीर नि.सं. 2470
ई.सन् 1944
भारतीय ज्ञानपीठ